나의 노래, 우리들의 이야기

나의 노래, 우리들의 이야기

2012년 12월 21일 초판 1쇄 펴냄
2016년 4월 15일 초판 3쇄 펴냄
2023년 1월 20일 2판 1쇄 펴냄

펴낸곳 (주)도서출판 **삼인**

글쓴이 윤형주
펴낸이 신길순

등록 1996.9.16 제25100-2012-000046호
주소 03716 서울시 서대문구 성산로 312, 북산빌딩 1층

전화 02-322-1845
팩스 02-322-1846
전자우편 saminbooks@naver.com

제판 문형사
인쇄 수이북스
제책 은정제책

ISBN 978-89-6436-231-0 03810

값 19,000원

나의 노래,
우리들의 이야기

윤형주 지음

차례

: 하나의 결이 되어

2010년 여름 MBC 라디오에서 '조영남 친구들'이라는 특집방송에 출연했다. '조영남 최유라의 지금은 라디오 시대'라는 프로그램이었다.

이 프로그램에 나와 송창식과 이장희와 김세환이 나갔다. MC인 조영남 형을 포함해 다섯 명이 다 모인 건 정말 오랜만이었다. 40년 지기 오랜 친구들이지만 각자의 삶이 바빠 사적인 자리에서도 모이기 쉽지 않았다.

이날 우리는 두 시간 동안 생방송을 하며 유쾌하게 놀았다. 게스트가 아니라 주인공이니까 편안한 마음으로 방송해 달라는 제작진의 주문도 있었고, 우리도 모처럼 만난 터라 추억의 동창회라도 하듯 격식을 따지지 않았다.

생각나는 대로 옛날 이야기를 나누다가 어느 노래로 화제가 모이면 즉석에서 노래를 하고 화음을 넣었다. 혼자나 둘이 부르기도 하고 다섯이 모두 부르기도 했다. 워낙 많이 불렀던 노래들이라 누가 먼저 치고 나가도 화음 넣는 것은 이미 몸에 배어 있었다. 어떤 노래가 나오든 기타 반주도 그때그때 각자 자기 영역을 찾아 소화했다.

이 방송이 크게 히트를 쳤다. 중장년 청취자들에게 대단한 호응이 있었다. 두 시간 동안 차를 세우고 들은 사람도 있고, 사무실에서 혼자 들으며 울었다는 사람도 있다고 들었다. 다시 듣고 싶다는 요청이 쇄도해, 생방송으로 진행하는 걸 원칙으로 하는 이 프로가 두 번이나 더 재방송을 내보냈다고 한다.

우리의 노래와 이야기에 감동 받는 사람들이 아직도 많다는 것이 나는 기뻤다.

그 얼마 후 MBC TV의 '놀러와'라는 프로그램 김명정 작가에게서 연락이 왔다. 라디오 방송을 매우 재미있게 들었다면서 TV에서도 그런 특집을 하고 싶다고 했다. 라디오에서처럼 자유롭게 추억 이야기와 노래를 들려주면 된다며, 방송이 9월 하순에 나가기 때문에 추석 특집이 될 것이라고 덧붙였다.

예능 프로그램이어서 별로 내키지 않았다. 바로 거절하기가 미안해 생각해 보겠다며 전화를 끊고는 회사의 젊은 직원에게 물었다.

"'놀러와'가 어떤 프로니?"

여러 명의 게스트들을 초청해 신변잡사를 중심으로 재미있는 이야기를 나누는 프로그램인데 인기가 많다고 했다. 듣고 나니 더 내키지 않았다. 나는 우스갯소리도 자신이 없고 그런 분위기를 좋아하지도 않았다.

'놀러와'의 지난 방송 하나를 찾아서 보았더니 짐작대로였다. 처음부터 끝까지 농담만 계속되고 사회자나 게스트들이나 말도 얼마나 빠른지, 보고 있는 나로서는 정신이 없었다. 요즘의 예능 토크에 익숙하지 않아서 그랬을지 모르지만, 환갑 넘은 사람들이 주르르 앉아 있기에는 어울리지 않는 프로그램이라는 생각이 들었다.

나는 못 나가겠다고 사양을 했다. 작가는 난감해하더니 다른 사람들부터 섭외하는 것 같았다. 그러고는 얼마 후에 다시 연락이 왔다.

미국에 가 있는 이장희만 빼고 모두 나오기로 했다는 것이다. 그런데 송창식은 조건이 있었다. 윤형주가 나오면 나가고 안 나오면 자기도 안 나가겠다고 했다는 것이다.

작가는 나만 허락하면 된다면서 간곡히 부탁을 했다. 두 주간이나 나를 설득했다. 이번에는 거절이 쉽지 않았다. 한 팀으로 섭외를 하는 것이기에, 나만 빠지는 것은 제작진에게는 둘째 치고 친구들에게도 예의가 아니었다. 나는 출연하기로 마음을 바꿨다.

이제 타이틀을 정해야 했는데 라디오처럼 '조영남 친구들'로 갈 수는 없었다. 라디오에서는 영남 형이 MC이기 때문에 프로그램의 주인이 친구들을 초대한 모양새가 되어 걸릴 게 없었지만 이번은 달랐다. 우리가 '서태지와 아이들'처럼 '조영남과 친구들'이라는 이름으로 활동했던 사람들도 아니고, 나름대로 자기만의 개성이 있는 가수들인데 한 가수의 보조역할이 되는 것 같아 이런 제목은 적당하지 않다고 생각했다.

영남 형의 입장도 마찬가지였을 것이다. 우리 중에 가장 연장자이긴 하지만, 사석에서라면 모를까 방송에 형 이름 하나만 걸면서 우리를 데리고 나가는 건 계면쩍었을 것이다.

여러 의견이 오가다가 '세시봉 친구들'로 정하기로 했다. 우연히 만들어진 타이틀이지만 이것은 참 의미심장한 표현이었다. 우리는 우리 기억 속의 한 작은 장소를 불러내 그것에 우리 세대의 상징성을 부여했다. 60, 70년대에 한국적 포크송과 새로운 청년문화를 이끌어 냈다는 우리의 자부심을 무교동의 한 작은 가게 이름에 담았다. 거기에서 우리들의 이야기가 시작되었으니까.

'세시봉 친구들'이 방송된 것은 녹화 후 열흘인가 지나서였다. 나는 녹화 후에 곧바로 해외에 나갈 일이 있어 첫 방송을 보지 못했다. 물론 방송에 대한 반응도 알지 못했다. 뉴욕에 살고 있는 아들에게 안부 전화를 걸어 물었더니 "대박이 났다"고 말했다.

아들 말을 듣고도 그냥 그런가 보다 했다. 송창식, 김세환과 함께 꾸준히 해 온 '빅3 콘서트'를 통해서 사람들이 포크송 시대에 대한 향수가 많다는 것은 느끼고 있었다. 라디오 방송에 나가서 대박도 한 번 쳤겠다, TV라 더 많은 사람들이 보아서 반응도 그만큼 큰 것이겠지, 라고만 생각했다.

그 방송이 얼마나 대단한 화제를 일으켰는지는 귀국해서야 실감할 수 있었다.

"어머, 선생님! 방송 정말 잘 봤어요. 눈물이 막 났어요."

공항의 출입국관리소에서 여권에 스탬프를 찍어 주는 젊은 여직원이 나를 알아보고 반색을 했다.

길에서도 얼굴을 알아보는 사람이 부쩍 많아졌다. 멀리서도 반갑다고 달려와 인사하고, 세시봉 노래를 듣다가 너무 감동해서 눈물이 났다는 아주머니도 있었다. 한 사십대 남자에게는 "같은 시대에 살아 주셔서 감사합니다"라는 과분한 말도 들었다. 식당에서 만난 어떤 분은 "우리 가족 간에 소통이 이루어지게 해 주셔서 고맙습니다"라고도 했다. 부모들이 젊었을 때 좋아했던 노래들은 촌스럽고 세련되지 못하다고 생각했던 자녀들이 이 방송을 보고 나서 왜 자기 부모들이 저 사람들의 노래를 좋아했었나 이해하기 시작했다는 것이다.

　어느 날은 백화점에 갔는데 중학생 여자아이 세 명이 나를 졸졸 따라다녔다. 설마 나를 따라오는 건 아니겠지 하며 무심히 걷다가 돌아서서 물어보았다.

　"너희들 지금 나 따라오는 거냐?"

　"네. 혹시 세시봉 아저씨 아니세요?"

　"세시봉? 그래 맞아."

　"와아! 것 봐, 내 말이 맞지?"

　"정말이네."

　학생들은 서로 돌아보며 즐거워했다.

　"너희들 나를 알아?"

"그럼요. 우리도 '놀러와' 봤어요. 엄마가 보라고 해서 봤는데 정말 재밌고 좋았어요."

"그래⋯⋯."

나는 조금 얼떨떨했다. 한창 잘나가던 젊은 시절 이후 이런 경험은 참 오랜만이었다.

집에 돌아와 인터넷에 들어가 '놀러와'의 시청자 게시판을 찾아보았다. 그야말로 '난리'라고 할 만큼 반응이 뜨거웠다. 감동, 감격, 전설, 눈물, 이런 단어들이 끊임없이 나왔다. 더욱 놀란 건, 그런 글을 쓴 시청자들이 오륙십대의 중장년층이 아니라 십대 이십대의 젊은이들이었다는 것이다.

이번에는 내가 감동했다. 가슴속에서 뭉클한 것이 올라왔다.

이건 같은 세대들끼리만 공감하는 향수의 문제가 아니었다. 환갑이 넘은 이들의 이야기와 음악이, 어린 십대 이십대 젊은이들의 가슴에 닿고 있었다. 문화의 전복이라 할 만한 현상이었다.

추석특집으로 2회 연속 방송된 세시봉 친구들의 이야기는 나중에 이장희까지 불러 다음 해 설날 특집 '세시봉 콘서트'이란 제목으로 또 방송되었다. 그리고 우리들은 세대를 초월한 뜨거운 열기 속에서 전국 순회공연을 다녔다. 표는 늘 전석 매진이었다. 유럽 지중해의 대형 크루즈 선박 안에서도 공연을 했고, 호주에도 가고 미국에도 갔다. 국내 악기점에서는 통기타가 불티나게 팔리고, 기타 제조업체의 주가가 서너 배 상승했다. 음악학원에서는 60, 70년대 노래들의 기타 반주를 가르치기 시작했다.

'놀러와' 이후로 나는 정신없이 바빠졌다. 전성기 때만큼이나 많은 공연 요청이 들어왔고, 무대뿐만 아니라 다양한 단체들에서 강연 요청이 밀려들었다.

70년대 당시에도 우리의 노래를 청년 문화의 상징으로 보아 주긴 했지만, 40년이 흘렀는데도 그 정서와 문화가 젊은이들의 감성을 자극했다는 건 대중음악사적으로도 큰 의미가 있는 일이다. 기쁘고 고

마울 뿐이다.

　어쩌면 이런 반응은, 통기타 세대 특유의 공동체 의식이 남긴 향기와 온도가 아닐까 싶다. '세시봉 친구들'의 노래가 사람들의 마음을 움직인 것은 단순한 복고 유행이 아니었다. 우리들의 노래가 나이에 상관없이 모든 사람들의 가슴에 있는 순수성에 가 닿았기 때문이라고 생각한다.

　우리 시대의 통기타 가수들은 아마추어와 프로가 구분되지 않는, 그저 노래하고 싶어 무대에 올랐다가 어느 날 돌아보니 가수가 돼 있는 경우가 많았다. 직업적인 투철함보다는 자유로운 열정이 먼저였다. 그래서 각자의 개성이 고스란히 노래에 반영되었고, 인간관계에서도 늘 공동체적인 문화와 정서가 작용했다.

　그 시절에는 내가 돈 만 원을 갖고 있으면 그 돈은 나의 돈이 아니라 우리의 돈이었다. 빈부와 문화 차이를 떠나 '우리는 똑같은 젊은이'라고 하는 본능적 연대감이 있었다.

그런 마음으로 노래도 기꺼이 나누었다. 나는 '길가에 앉아서' '화가 났을까'를, 송창식은 '사랑하는 마음'을, 이장희는 '비'와 '좋은 걸 어떡해'를 김세환에게 아무런 사심 없이 선물했다. 누가 녹음하는 날이면 모두가 나타나 밤새 함께 화음을 넣어주고 악기를 연주해 주었다.

그렇게 지켜 온 40년 우정이, 그런 마음들에서 나온 가사와 멜로디가, 그 아날로그 정서가 디지털 세대의 마음을 끌었다고 생각한다. 그런 면에서 내가 살아온 시대와 문화에 새삼 깊은 애정을 느낀다.

요즘 나는 세시봉 이야기를 뮤지컬로 만들어 보려고 기획 중이다. 우리가 출연하는 건 아니다. 우리가 직접 오디션을 보면서 제2의 조영남, 송창식, 이장희, 김세환, 윤형주를 뽑는 것이다. 그들을 통해 세시봉으로 상징되는 60, 70년대의 문화와 감성을 현재화 시키고, 미래까지 이어지게 하고 싶다.

개인적으로 세시봉 열풍이 나에게 준 선물은 청소년 선교에 도움이 되었다는 점이다. 나는 '한국십대선교회'라는 단체를 통해 30년간 다양한 청소년 선교활동을 해 왔다. 학교에도 가고 소년원이나 고아원에도 간다.

요즘은 모든 게 빨리, 재미 위주로 돌아가는 세상이다 보니 아이들은 조금만 지루하다 싶으면 금세 관심을 끊는다. 내 나름대로 재미있는 집회와 강연을 준비해도 '가수 윤형주'를 모르는 아이들에게는 예순 넘은 할아버지일 뿐이어서 집중도가 약했다.

그런데 이제는 십대 아이들까지 다 나를 알아본다. 나는 이것이 하나님이 주신 또 하나의 기회라고 생각한다. 신곡을 발표하는 현역 가수가 아닌데도 왕성하게 음악 활동을 하는 연예인으로 아이들 앞에 서게 되어 청소년 선교에 큰 도움이 된다.

나는 '결'이라는 단어를 좋아한다. 나무에는 1년 된 줄이 있고 10년 된 줄도 있고 50년이 된 줄도 있다.

나무의 이런 나이테, 그것이 결이다.

내가 송창식, 김세환과 함께 만든 앨범 중에 〈하나의 결이 되어〉라는 음반이 있다. 이 음반에는 우리의 히트곡을 비롯해 동요, 민요, 가스펠, 컨트리송, 중남미 칼립소, 슈베르트의 '숭어'까지 다양한 장르의 음악이 실려 있다. KBS 음반대상을 받기도 했던 이 앨범에는 우리가 지향하는 가치와 우리 세대의 감성이 고스란히 표현돼 있다. 한마디로 우리의 결이다.

강물처럼 늘 아래로 흘러가는 이 세상에서 한 세대는 하나의 결에 불과하다. 그러나 나이테들이 이어져 한 나무로 자라듯 한 세대는 필연적으로 다른 세대와 영향을 주고받는다. 하나의 결은 다른 결들과 만나서 함께 다시 하나의 결이 된다.

그리하여 중요한 것이 자기 세대, 자기 인생을 받아들이는 일이다. 자기의 결을 스스로 사랑하는 일이다. 한 사람의 생애는 고스란히 인류의 발걸음이고, 신의 의지이기 때문이다.

나는 나의 인생을 사랑한다. 나의 노래를 사랑하고, 나의 노래를 사랑해 준 이들을 사랑한다. 내가 걸어 온 길을 사랑하고, 나의 가족들이 숨 쉬며 걷는 이 땅을 사랑한다. 그리고 하나님이 나를 사랑하시는 것처럼 내 자신을 사랑한다.

여기에 내 인생의 열 가지 풍경이 있다. 그리고 나와 같은 시간을 건너온 친구들의 이야기가 있다. 모두 나의 결이다. 한때의 실수나 교만을 포함하여 이 안의 모든 슬픔과 기쁨과 영광과 상처들이 나의 것이다. 내 몫의 인생이었다.

STORY 01

내 인생의 열 가지 풍경

0시의
다이얼

점심을 먹고 난 오후 첫 수업시간이었다. 임상병리실로 실습을 하러 가는데 뒤에서 "휴강이다!" 하는 소리가 들려왔다. 돌아보니 같은 과 친구들이었다.

"휴강이라고? 정말?"

"방금 교수님한테 직접 들었어. 오후 수업 전부 휴강이래."

친구들은 서로 얼굴을 마주보며 신난다는 표정이었다. 나도 마찬가지였다. 긴 겨울방학이 끝나고 봄 학기가 시작된 지 얼마 안 되었다. 빡빡한 수업에 아직 적응이 안 되어 자주 노곤해지곤 하던 차에 휴강이라니, 횡재 같은 달콤한 소식이었다.

나와 친구들은 즉시 발걸음을 돌려 의대 건물을 빠져나왔다. 3월의 끝날이었다. 아침저녁으로는 아직 쌀쌀한 기운이 있었지만 교정에는 봄꽃들이 화사하게 피어나고 있었다.

우리는 천천히 걸으면서 오후 시간을 어떻게 보낼지 이야기했다. 갑자기 생긴 시간이어서 딱히 다른 볼 일이 없었다. 몇 가지 의견이 나오다가 당구장으로 낙착이 되었다.

교문 쪽으로 걸어가는데 맞은편에서 여학생들이 걸어왔다. "쟤 윤형주 아니야? 맞지?" "어머! 정말이네." 여학생들이 나를 보며 힐끔거렸다.

나는 모르는 척 그냥 걸어갔다. 자주 있는 일이었다. 같은 과 학생들이야 자주 나를 보지만 다른 과 학생들은 내가 이 학교에 다닌다는 것만 알지 직접 보는 경우가 많지 않다. 그래서 교정에서 마주치게 되면 '어, 정말 윤형주가 여기 다니네' 하는 표정으로 돌아보고는 했다.

교정이든 거리에서든 나를 연예인으로 보는 사람들의 시선을 대하게 되면 슬그머니 나의 정체성을 생각해 보게 된다.

'나는 정말 그 바닥을 떠난 걸까? 이제 의사로만 살게 되는 건가?'

명확한 대답이 나오지 않았다.

공식적인 연예인 활동을 모두 끊고 학교로 돌아왔다. 하지만 다른 학생들에 섞여서 수업을 받다가도 문득 앉아 있는 자리가 낯설었다. 무대에 올라 열광적인 박수를 받던 시간들이 절정 직전에 잠에서 깨고 만 꿈처럼 아쉬웠다.

송창식과 함께해 온 트윈 폴리오를 해체한 것이 재작년이었다. 트윈 폴리오의 해체도 사실 갑작스러운 일이었다. 나의 가수 활동을 못마땅하게 생각하시던 아버지가 더 이상은 안 된다며 강력하게 제동을 걸었다.

아버지로서는 그럴 만했다. 독립투사의 집안이라는 자부심에다 오랜 학자 생활로 근엄한 생활이 몸에 밴 아버지는 연예인을 속칭 '풍각쟁이' 이상으로 보지 않았다. 애초에 의대를 권유한 것도 아버지였다. 그런데 대학생이 되자마자 걸핏하면 수업에 빠지면서 노래를 부르러 다니자 화가 나셨던 것이다. 아버지는 당장 그만두라며 호통을 쳤다.

한창 트윈 폴리오의 인기가 오르던 때라 나는 송창식에게 그만두겠다는 말을 차마 하지 못했다. 그러다가 연말 콘서트 때 송창식에게도 미리 말하지 않고 일방적으로 해체 선언을 해 버렸다. 그 때문에 송창식과도 한동안 어색한 사이가 되었다. 아무튼 그것이 은퇴 선언이 되었고, 그 이후로는 공식적인 가수 활동을 하지 않았다.

하지만 간간히 음악방송에 게스트로 출연하거나 비공식적인 자리에서 노래를 불렀다. 얼마 전에는 친한 동생인 김세환을 가수로 데뷔시키면서 나도 덩달아 무대에 올라 예전의 히트곡을 불렀다. 고별 콘서트 이후로 처음 서 본 공식 무대였다.

친구들과 당구장에 들어가 당구를 치고 있는데 누군가 다가와 와

락 내 손을 잡았다.

"여기 있었구나! 얼마나 찾았는지 알아?"

동아방송의 이해성과 신태성 피디였다. 두 사람은 나를 만나 이제야 안심이라는 듯 매우 다행스러워하는 표정이었다.

"여긴 웬일이세요?"

"웬일이고 뭐고 우리하고 같이 가자."

"가다니, 어딜요?"

"가서 방송해야 돼."

"방송이라니 갑자기 무슨 말이에요."

두 사람은 나를 당구장 한쪽의 소파로 데리고 갔다.

"우리 방송에서 하는 '0시의 다이얼' 알지?"

"알지요."

"오늘부터 형주 네가 그 프로 맡아야 돼."

"아니 정말 무슨 소리에요? 나 은퇴한 거 알잖아요. 게다가 난 디제이 경험도 없고, 또 '0시의 다이얼'은 최동욱 형이 하고 있잖아요?"

"아는데, 사정이 그렇게 됐어. 오죽하면 우리가 여기까지 찾아왔겠어. 우리만 온 게 아니고, 지금 김병우 피디는 자네 아버지한테 가 있어."

"아버지는 또 왜요?"

"자네는 아버지가 허락하셔야 되잖아."

그걸 어떻게 알지? 내가 아버지 때문에 은퇴한 것을 아는 건 가까운 지인들뿐이었다.

나는 공연히 마음이 바빠졌다.

"그래서 아버지가 허락하셨어요?"

"이럴 시간 없고, 일단 방송국으로 가자."

신태성 피디가 내 손을 잡아 일으켰다. 나는 얼떨결에 두 사람을 따라 당구장을 나왔다. 당구장 앞에 그들이 타고 온 차가 있었다. 내가 올라타자 차는 곧바로 동아방송국으로 달리기 시작했다.

차 안에서 신태성 피디가 상황을 들려주었다. 최동욱 씨가 어제 갑자기 '0시의 다이얼'을 그만두었다고 한다. 그만두기만 한 게 아니라 경쟁사인 TBC로 갔다는 것이다.

동아방송의 다급함이 이해가 되었다. 최동욱 씨가 누구인가. 우리나라 방송 디제이 1호인 분으로, 해박한 음악 지식에서 나오는 생동감 있는 멘트로 청취자들에게 최고의 인기를 누리고 있었다. 나 역시 중학생 때부터 그가 진행하는 '탑튠쇼'의 열렬한 팬이었다.

"아니 그럼 '0시의 다이얼'은 어떻게 되는 거예요?"

"그래서 지금 자네를 모시러 왔잖아."

어이없으면서도 한편으로는 마음이 설렜다. 내가 '0시의 다이얼'을 진행한다고?

라디오는 그야말로 심야 음악방송의 춘추전국시대였다. 이종환 디제이가 진행하는 MBC의 '별이 빛나는 밤에', TBC의 '밤을 잊은 그대에게', CBS의 '꿈과 음악 사이에', 그리고 DBS 동아방송의 '0시의 다이얼'이 밤 11시 25분에서 새벽1시까지의 심야에 팽팽한 4파전을 벌이고 있었다.

책상에 앉아 밤늦도록 공부하다가, 혹은 공부하는 척하다가, 방송시간에 맞춰 주파수를 돌리고 기다리면 듣는 순간 가슴이 애잔해지는 시그널 음악이 흘러나온다. 이어서, 차분하면서도 경쾌하게 문을 여는 디제이들의 목소리는 얼마나 감미롭던가.

그런데 내가 그런 디제이를 한다고?

심야 음악프로에 몇 번 게스트로 초청돼 간 적은 있어도 직접 디제이를 한다는 생각은 해 본 적이 없었다. 이건 무대에서 노래를 부르는 것과는 또 다른 세계다. 나는 얼떨떨한 채로 광화문 사거리의 동아일보 사옥 5층에 있는 동아방송국에 들어섰다.

'0시의 다이얼'을 진행하는 방으로 들어가자 안에 있던 사람들이 모두 일어나 나를 반겼다. 죽은 사람이라도 살아 돌아온 듯 크게 환영하는 것을 보니 스태프들이 얼마나 초조해하고 있었는지 느껴졌다.

잠시 앉아 있을 사이도 없이 담당 피디와 엔지니어들이 프로그램 진행에 대해 일러주기 시작했다. 피디들이나 보던 큐시트 종이가 내 손에 쥐어졌다. 그리고 바로 방송실에 이끌려 갔다. 세 대의 마이크와 두 대의 턴테이블이 각각 어떤 역할을 하는지, 어떻게 작동시키는지, 방송이 진행되는 동안 스태프들은 어떻게 움직이는지, 그에 맞춰 나는 무엇을 해야 하는지 등을 이 사람 저 사람이 번갈아 가며 설명해 주었다.

정말 오늘 밤 당장 '0시의 다이얼'을 진행해야 되나 보다…….

나는 덜컥 겁이 났다.

팝송에 대한 지식이라면 누구 못지않다고 자부할 수 있었다. 중학생 때 이미 100곡가량의 팝송 가사를 영어로 줄줄 외웠다. 노래의 배경과 팝 가수들의 신상에 대해서도 훤히 꿰고 있었다. 하지만 이건 생방송으로 엘피판을 돌려가며 전국의 청취자들을 상대로 대화하는 일이다.

"걱정 마. 우리가 다 도와줄게."

안절부절 못하는 나를 이해성 피디가 다독거렸다.

"자네는 충분히 할 수 있어. 우리가 생각도 없이 자네를 선택한 게 아니야. 이럴 때를 대비해서 우리가 조사해 두었던 자료 한번 볼래?"

신태성 피디가 나에게 문서 하나를 보여주었다. 10여 페이지나 되는 그 문서에는 놀랍게도 나에 대한 사항이 빼곡히 정리되어 있었다. 윤형주의 집안, 성품, 학업 성적, 교제하는 사람들, 그간의 가수 활동과 방송인으로서의 특성 같은 것이 항목별로 상세히 적혀 있었다.

'사람 하나 쓰는 데 이 정도로 세심히 준비하는구나…….'

방송국의 철저한 검증 방식에 공연히 서늘하면서, 나를 캐스팅하기 위해 이만큼이나 노력을 했구나 하는 생각에 마음 한구석에서는 은근한 자부심도 들었다.

내 마음을 읽었는지 신태성 피디가 덧붙였다.

"이번에 디제이 교체를 계기로 우리는 총력전을 펼칠 생각이야. 그래서 이 프로 하나에만 스태프가 일곱 명이나 붙었어. 그 중심에 네가 있는 거라고."

"아버지는요? 허락하신대요?"

방송보다 나에게 더 급한 것은 아버지의 허락이었다.

"김병우 피디가 한창 설득하고 있어. 조금 전에 통화했는데 이야기가 잘 되고 있다고 하니까 걱정하지 마."

김병우 피디와 아버지가 어떤 대화를 나누고 있을지 궁금했다. 속으로 한번 상상해 보았다. 아버지는 김병우 피디가 몇 마디 꺼내기도 전에 대뜸 말했을 것이다.

"방송국에서 무슨 공부하는 학생을 데려다가 새벽 한 시에나 끝나는 프로그램을 맡으라고 합니까? 안 됩니다!"

그러면 김병우 피디는 뭐라고 말할까?

'0시의 다이얼'이 얼마나 인기 있는 프로그램인지, 대중들에게 얼마나 많은 영향을 미치고 이러저러한 긍정적인 역할도 하는지 설명할 것이고, 왜 내가 필요한지를 납득시키기 위해 나를 추켜세우는 말도 할 것이다. 문화적 소양이 대단하고, 젊은이들과 소통하는 감성도 뛰어나고, 우리나라 청년문화를 만들어 나가는 데에 일익을 담당하고 있으며……, 아무튼 좋은 말들을 많이 해 주었으면 싶었다.

은퇴 선언을 하기는 했으나 솔직히 나는 연예계에 미련을 완전히 끊지는 못하고 있었다. 게다가 작년에 바닷가에 놀러 갔다가 즉석에서 작곡했던 노래 '조개껍질 묶어(라라라)'가 음반도 내지 않았는데 구전으로 유명해져 활동 재개에 대한 유혹이 그치지를 않았다.

그렇다고 연예인으로 살고 싶은 건 아니었다. 트윈 폴리오의 성공은 나에게도 우연이었을 뿐 내 본분은 의학 공부를 하는 학생이라는 생각을 잊지 않고 있었다. 다만 의대를 다니는 데에 큰 지장이 없는 한에서 가수 활동은 했으면 하는 마음이었다.

그래서 얼마 전에는 아버지에게 은근슬쩍 이런 말을 하기도 했다.

"아버지, 제가 동주 형 시들을 노래로 만들어 보고 싶은데 어떻게 생각하세요?"

아버지는 나의 육촌형이자 당신의 조카인 윤동주 시인에게 깊은 애정과 안타까움을 느끼고 있었다. 윤동주 시인이 해방을 6개월 앞두고 옥사했을 때 형무소에서 그 유해를 직접 받아 온 사람이 아버지였다. 젊을 때 이미 시인이었던 아버지는 단지 집안 조카라서가 아니라 한 시인으로서도 윤동주 형을 누구보다 사랑하고 있었다.

나는 그런 윤동주 형의 시를 노래로 만들어 불러서 아버지가 나의 가수 활동에 대해 긍정적인 생각을 갖게 하는 계기를 만들고 싶었다.

그래서 나는 노래라는 게 갖는 대중적인 파급력이 어떻고, 노래를 통해서 어떤 문화적 향기를 만들어 낼 수 있고, 젊은이들의 정신과 정서에 어떤 영향을 미칠 수 있는지에 대해 조심스럽게 설명했다.

아버지는 묵묵히 내 말을 듣더니 딱 한 말씀 하셨다.

"형주야, 시도 노래다."

나의 알량한 작곡 실력 가지고 윤동주의 시를 건드리지 말라는 말씀이었을 것이다.

"맥주 한잔 할래?

저녁 식사 시간에 피디들은 내가 긴장하지 않고 마음을 느긋하게 갖도록 신경써 주었다.

"아, 그리고 말이야, 오늘 게스트로 적당한 사람 없을까? 지금 바로 연락해야 되니까 자네가 쉽게 섭외할 수 있는 사람 중에서 한 사람 골라 봐."

그 순간 송창식이 가장 먼저 떠올랐다. 그런데 피디가 연락을 해 보더니 지방에 공연 가 있어 힘들다고 했다. 그러면서 내가 직접 전화해서 바로 올 수 있는 사람으로 다시 생각해 보라고 했다.

'내가 편한 사람, 부르면 바로 와 줄 수 있는 사람……' 곰곰 생각해 본 끝에 윤여정이 떠올랐다.

윤여정은 나와 동갑으로 세시봉에 드나들 때부터 서로 반말을 나누는 친구가 돼 있었다. 성도 같은 '윤' 씨여서 윤여정은 족보를 따지며 자기가 내 고모뻘 된다면서 대접 잘하라고 하고, 나는 웃기지 말라고 하며 서로 장난으로 티격태격하는 사이였다. 다행히 윤여정은 바로 연락이 되어 이날의 첫 게스트로 섭외되었다.

저녁을 먹고 들어와서는 본격적으로 방송 리허설에 돌입했다. 시그널 음악이 나간 뒤 첫 멘트부터 시작해 방송이 끝날 때까지 전개될 모든 상황을 하나씩 연습했다.

엽서를 읽어 주며 턴테이블에 판을 올려 음악이 나갈 준비를 하는 것, 음악이 시작될 때의 멘트 처리, 한 곡에서 다른 곡으로 넘어갈 때 자연스럽게 볼륨을 줄이거나 두 곡을 재치 있게 오버랩 시키는 방법, 청취자와 전화 연결 되었을 때 어떤 식으로 대화하는지, 듣고 싶은 음악을 물어 스태프에게 어떻게 연결하고, 기기는 어떻게 작동하고, 전화를 끊고 난 다음에 마이크 처리는 어떻게 하고, 광고를 내보낼 때는 어떤 시스템을 유지하고…….

기억해야 할 것이 한두 가지가 아니었다. 진행 순서와 기기 작동법은 그럭저럭 익숙해졌는데, 마이크의 볼륨과 턴테이블의 시작 위치를 매끄럽게 잡아 주는 것이 어려웠다. 그것은 감각의 문제여서 하루아침에 될 일이 아니었다. 나는 손가락에 경련이 일 정도로 수없이 스위치를 돌려 가며 감각을 익혔다.

시작 5분 전. 윤여정은 30분 전에 도착해 내 옆에 앉아 있고, 밖에서는 모든 스태프가 나를 주시했다. 국장님과 부장님도 퇴근하지 않고 지켜보고 있었다.

"얘, 너 너무 긴장했어."

윤여정이 나지막하게 말했다.

피디가 손을 들자 ON-AIR에 불이 들어왔다. 엔지니어가 스위치를 올리고, 익숙한 시그널 음악 'In The Year 2525'가 흘러나왔다. 엔지니어의 손 움직임에 따라 음악이 서서히 잦아들었다.

나는 조용히 숨을 들이마시고, 입을 열었다.

"'0시의 다이얼' 애청자 여러분 안녕하세요. 오늘부터 여러분과 새로 만나게 된 윤형주입니다……."

방송을 마치고 내려오자 동아일보 이름이 적힌 세 대의 차량이 기다리고 있었다. 통금에 걸리지 않도록 스태프들과 게스트와 나를 집에까지 데려다 줄 차들이었다. 나는 윤여정에게 고맙다면서 잘 가라고 했다. 나 어땠느냐고 슬쩍 물어보자 "뭐 그럭저럭 괜찮았어" 하며 싱긋 웃었다.

차는 심야의 텅 빈 거리를 빠르게 달렸다. 무슨 SF 영화처럼 차도 사람도 아무것도 없이 길 양편으로 가로등과 시커먼 건물들만 서 있었다. 기분이 묘했다.

앞으로 매일 밤 이런 시간에 집에 가겠구나. 매일 밤 이런 풍경을 보겠구나. 내가 알던 세상과는 다른 세상에 들어온 것 같았다. 공연히 비장해지면서 한번 열심히 해 봐야겠다는 생각이 들었다.

1972년 12월 31일에 '0시의 다이얼' 마지막 방송을 했다. 그리고 이장희에게 바통을 넘겼다.

이장희가 첫 방송을 하는 날 나는 전임자이자 친구로서 방송이 시작되기 전까지 함께 있어 주었다. 내 첫날을 떠올리며 조언도 하고, 너는 나보다 잘할 거라고 격려도 해 주었다. 그러면서 은근히 내 자랑도 했다.

"장희야, 내가 이 프로 맡은 지 석 달 만에 경쟁 프로그램 다 누르고 톱으로 만들었다. 정말 열정을 다 바쳐서 했어. 한번 잘해 봐. 배우는 것도 많을 거다."

얼마 후 이장희가 방송실로 들어갔다. 곧 시그널 음악이 나왔다. 이장희가 특유의 텁텁한 목소리로 첫 멘트를 했다. 멘트가 끝나고 첫 음악이 흘러나올 때 나는 자리에서 일어났다. 이제 데려다 줄 차가 없으니 통금이 시작되기 전에 돌아가 봐야 했다.

문을 나서다 말고 방송실을 돌아보는데, 첫날 거기에 앉아 있던 내가 보인다. 겨우 2년 전인데 참 오래 전 일 같다. 허둥거리며 턴테이블을 돌리는 내 모습이 풋풋해 보인다.

　길지 않은 시간이었지만 그사이에 많은 일이 있었다. 처음으로 솔로앨범을 냈고, 트윈 폴리오 때보다도 무대에 많이 섰다. 이제는 학생 가수가 아니라 그냥 가수라는 느낌이었다. 한 신문은 '한국의 포크 스타들'이라는 연재물에서 나를 포함한 세시봉 출신 동료들을 포크싱어의 기수라고 새롭게 조명했다.

　'0시의 다이얼'을 통해 통기타의 전성시대도 새롭게 열렸다. 나는 "매일 밤이 콘서트다"라는 모토를 걸고 송창식, 김세환, 양희은, 쉐그린, 사월과 오월, 투코리언즈, 뚜와에모아, 이용복, 이연실, 윤연선 등 신진 포크싱어들을 줄줄이 게스트로 초청해 즉석공연을 펼쳤다. 진명여고 강당에서 매월 한 차례씩 열리는 'DBS 팝페스티벌'이라는 이름의 공개방송에는 매번 수천 명의 팬들이 몰려들었다.

　나는 가수만이 아니라 프로그램을 연출하고 진행하는 방송인이 되었다. 아버지는 여전히 나의 연예 활동에 반대하고 계셨지만, 나의 활동 영역은 이미 끼 있는 대학생의 색다른 취미 생활을 넘어서고 있었다.

　나는 방송실 문을 닫고 돌아서 혼자 어둑한 복도를 걸어갔다. 강 하나를 건너온 느낌이었다.

너는
내것이라

교도소에 수감된 지 어느덧 한 달이 가까웠다. 영하 10도를 오르내리는 추위가 계속되고 있어 감방은 싸늘했다. 나는 집에서 넣어 준 닭털 침낭에 머리까지 전부 집어넣고는 미라처럼 가만히 누워 있었다.

며칠 전에 크리스마스를 감방에서 보냈다. 성탄 노래들이 참 듣고 싶었다.

침낭 밖에서 수인들이 담요를 서로 덮으려고 다투는 소리가 들렸다. 서로 욕을 하고 투닥투닥 몸싸움도 했다. 어느덧 익숙한 풍경이지만 이런 사소한 다툼을 볼 때마다 내가 있는 이곳이 너무 싫었다.

사기꾼, 절도범, 폭행범과 강간 미수범, 사형을 기다리고 있는 살인범, 온갖 범죄자들과 동료가 되어 함께 밥을 먹고 같은 이불을 덮고 잤다. 꿈에서조차 상상해 보지 못한 시간이다. 아침에 눈뜰 때마다 내가 처한 상황을 믿을 수가 없었다.

나는 침낭 안쪽에 숨겨 놓은 유리를 만져 보았다. 유리의 날카로운 모서리를 손가락으로 살짝 눌러 보았다.

내가 할 수 있을까?

낮에 점심식사를 배식하던 꼽슬이가 빙긋 웃었다. 며칠 전에 부탁한 것을 구한 것 같았다.

"들키지 않게 조심해요."

꼽슬이가 내 배식판에 밥을 퍼 주면서 낮게 속삭였다. 배식판 아래로 차갑고 매끈한 유리조각이 건너왔다.

나는 무표정하게 돌아서서 빈자리를 찾아 앉았다. 배식판을 바닥에 내려놓으며 잽싸게 유리조각을 품속에 감췄다. 그러고는 집에서 넣어 준 침낭 속에 유리를 감췄다.

유리를 만지고 있으면 편안했다. 이것으로 모든 고통이 끝날 것이라는 안도감이었다.

이날 밤, 소등 시간이 되어 눈을 감고 누워 있는데 눈앞에 터널이 보였다. 칠흑처럼 어둡고 축축한 터널이었다. '흑암'이라는 곳이 저럴까 싶은 완벽한 어둠이었다.

내가 이제 저곳으로 들어가는구나.

눈물이 났다. 정말 무섭고 외로운 길이었다. 살고 싶었다.

1975년 12월 2일.

수업을 마치고 집에 전화했더니 일하는 아주머니가 손님이 찾아왔다고 말했다.

"누군데요?"

"보사부 마약단속반에서 나왔다는데요?"

"마약단속반이요? 그 사람들이 왜요?"

"그건 모르겠네요."

"알았어요. 지금 가는 길이니까 조금만 기다려 달라고 하세요. 차나 좀 대접해 주시고요."

나는 대수롭지 않게 대답하고 전화를 끊었다. 집에 도착하니 수사관으로 보이는 남자 넷이 거실에 앉아 있었다.

"무슨 일이세요?"

"대마초를 피우거나 소지하고 있어요?"

"대마초요? 피운 적 없는데요"

주변에서 가끔 피우는 사람을 보기는 했다. 논밭이 바다처럼 출렁이더라는 식의 흡연 경험담도 들은 적이 있었다. 법적으로 대마초 흡연이 금지돼 있기는 하나 그것으로 잡혀간 사람이 없고 단속도 없던 시절이었다. 나 역시 불법이라 피우지 않은 게 아니라 그냥 관심이 없어 피우지 않았을 뿐이었다.

그런데 수사관의 말을 듣다가 얼마 전 생일날에 받은 선물 하나가 생각났다. 명동의 한 음식점에서 제법 떠들썩하게 생일파티를 했는데, 누군가 편지 봉투에 대마를 넣어 선물이라고 가져왔었다. 술에 취했고 손님이 많아 누구에게 받았는지도 기억나지 않았다.

"이리 와 보세요."

나는 수사관들을 내 방으로 데리고 갔다. 거기엔 생일에 받아 놓고 아직 뜯어 보지도 않은 선물꾸러미들이 여러 개 남아 있었다. 나는 수사관들이 보는 앞에서 선물꾸러미들을 뒤져 대마초가 들어 있는 편지 봉투를 찾았다.

"아, 여기 있네요. 얼마 전 생일날에 누가 선물이라고 줬거든요."

"거 참⋯⋯."

옆에서 지켜보던 수사관들이 내 말에 당황스러운 표정을 지었다. 잠시 나를 보며 머뭇거리다가 수사관 하나가 말했다.

"윤형주 씨, 대마초 소지죄로 체포합니다."

"네? 체포요?"

"네, 같이 좀 가시죠."

"아니, 피우지도 않았고 선물이라고 해서 받았을 뿐인데요?"

"그런 것 같습니다만, 소지한 것 자체가 엄연한 불법입니다. 저희도 어쩔 수 없네요."

그때는 아직 나에게 무슨 일이 닥친 건지 알지 못했다.

내가 범죄자가 되었다는 것을 실감한 건 마약반에서 조사를 받고 이튿날 서대문구치소로 이송되었을 때다. 낯선 사람들 앞에서 속내의만 입은 채 몸이 발가벗겨졌다. 발가벗은 채 일렬로 섰다. 죄수복이 입혀지고, 여기저기에서 조롱의 말이 날아왔다.

가장 비참했던 건 "가수니까 노래나 한 곡 불러라"라는 교도관의 명령에 따라 사람들에 둘러싸여 노래를 불러야 했을 때다. 수치심을 느끼며 꾸역꾸역 노래를 불렀다. 하지만 그때도 내 인생에 무슨 일이 벌어졌는지 정확한 인식은 없었다. 얼떨떨한 채로 끌려다니며 막연히 두려웠다.

시간이 지나면서 차츰 돌아가는 상황을 알게 되었다. 나 말고도 수십 명의 동료 가수, 배우, 영화감독들이 대마초 사범으로 구속되었다. 신문 방송에서는 연일 연예인들의 분별 없는 탈선과 방종을 준엄히 꾸짖었다. 정신이 썩어 빠진 딴따라들, 그게 대중에게 비친 우리들의 모습이었다.

감방에서 나는 하루 종일 멍하니 앉아 있었다. 내 옆에는 신문기사에서나 보던 범죄자들이 무슨 무용담이라도 이야기하듯 자기가 저지른 범죄를 늘어놓으며 서로 킬킬거렸다. 처음에 보았을 때는 언뜻 점잖아 보이기까지 했던 사형수는 자기 이야기가 시작되자 "몇 놈 더 죽이고 잡혔어야 했는데" 하는 말을 하며 살기 어린 눈을 번득였다.

내가 살아오면서 만난 사람들과는 완전히 달랐다. 교활하고, 비굴

하고, 뻔뻔하기 그지없는, 저열한 인간의 모습이었다.

왜 내가 여기에 있는 거지?

내가 있을 곳이 아니었다.

혼란스러운 시간이 지나고 나자 분노가 치밀었다.

마약반과 검찰 수사관들에게 모든 것을 솔직하게 말했다. 감출 게 없다고 생각했다. 그런데 자진해서 털어놓은 나의 어떤 진술도 좋은 쪽으로 반영되지 않았다. 나 혼자 누구도 알아주지 않는 철부지 순둥이 노릇을 했고, 결과는 파렴치한 마약범이었다. 세상 사람의 눈에는 나 역시 여기에 있는 사람들과 하나도 다르지 않게 보일 것이다. 나는 하루아침에 이 사회의 공공의 적이 돼 있었다.

시간이 지날수록 막막한 심정이 되었다. 아무것도 생각할 수 없었다. 화려하게 주목받던 7년여의 가수 생활, 교양 있는 부모님에게서 태어나 그만하면 유복하게 성장해 온 내 28년의 삶이 송두리째 무너져 내리고 있었다. 신혼생활이 1년도 안 된 아내는 면회 왔다가 거의 혼절하여 사람들에 의해 실려 나갔다. 신문에는 대마초 연예인들에게 기약 없는 방송금지 조치가 내려졌다는 기사가 실렸다.

앞날을 생각해 보았다. 연예인 활동을 못하는 건 물론 학교로 돌아간다 해도 공부를 계속 할 수 있을지는 불투명했다. 작은 회사에 취직이나마 할 수 있을지 어떨지, 친척 어른들을 무슨 낯으로 대할지, 교회 사람들은 나를 어떤 눈으로 볼지…… 아득했다.

눈앞의 현실인데도 받아들여지지 않았다. 미칠 듯이 화가 났고 억울했다. 이건 꿈이어야만 했다.

"꼴좋다!"

나를 질투하거나 부러워하던 사람들이 비아냥대는 소리가 사방에서 들려오는 것만 같았다. 집에서는 최고의 변호사를 세 명이나 붙였다는데 보석 신청은 계속 기각되고 있었다. 면회를 나갔다가 감방으로 돌아와 앉을 때면 죽기보다 싫었다.

수감된 지 열흘쯤 지나자 비로소 내가 어떤 처지에 있는지 정확히 실감되었다. 인생의 파멸이었다. 아무리 생각해도 어떤 희망도 찾을 수가 없었다. 이건 나에게 저주이고 종말이었다. 무언가 아찔하더니, 서서히 무서워지기 시작했다.

나에게 무슨 일이 일어난 거지? 나를 둘러싼 세상의 모든 문이 닫히는 것이 느껴졌다. 공포스러웠다.

죽음을 생각해 보았다. 그것만이 최소한의 자존심을 지킬 수 있는 유일한 길 같았다. 처음에는 충동적이었으나 차츰 죽음의 유혹이 진지하게 다가왔다. 평생 기죽은 채 이런 수치와 모멸감을 지니고 살아야 한다면 차라리 이 정도 젊은 날에 이런 노래들을 남기고 홀연히 떠나는 게 그나마 사람들에게 좋은 추억으로 남는 방법이라는 생각이 들었다.

나는 자살하기로 결심했다.

어떻게 죽을까?

항시 사람들과 붙어 있기 때문에 목을 매달거나 감방 벽에 머리를 찧는다거나 하는 자해는 불가능했다. 사람들이 모두 잠든 밤에 동맥을 긋는 것, 그것이 가장 좋은, 그리고 유일한 방법이었다. 하지만 칼을 구할 방도가 없었다.

그 무렵 꼽슬이를 만났다. 한때 알고 지냈던 명동의 건달로, 면도날을 입에 넣고 아작아작 씹는 것으로 상대를 위협하는 독종이었다. 어찌어찌 해서 나를 형이라 부를 정도로 한때 가깝게 지냈고, 한번은 내가 "이놈아, 면도칼은 면도할 때 써야지 그걸 왜 입에 넣고 씹냐. 사람답게 좀 살아라" 하고 어쭙잖은 충고까지 한 적이 있던 사이였다.

그 꼽슬이가 교도소에 들어와 배식 담당을 하고 있었다. 나는 꼽슬이에게 면도를 하고 싶다는 핑계를 대며 유리를 구해 달라고 했다. 곧 법정에 나가야 하는데 사람들 앞에 깨끗한 모습으로 나서고 싶다고 하자 꼽슬이는 반신반의 하면서도 구해 주겠다고 했다. 그리고 이날 마침내 작은 유리조각이 손에 들어왔다.

나는 자주 유리를 만지작거렸다. 남은 건 날짜를 정하는 일뿐이었다.

오늘 밤? 내일 밤?

무덤 같은 날들이 하루하루 느리게 지나갔다. 하루는 대범했다가,

하루는 무서웠고, 다음 날은 또 멍하니 아무 생각도 나지 않았다.

어머니가 면회를 왔다. 면회 오지 말라고, 와도 이제는 안 볼 거라고 벌써 몇 번이나 말했지만 죽기로 결심했으니 마지막 한 번은 보아야 했다.

큰일일수록 놀라지 않는 성격의 어머니는 평소의 차분한 목소리로 나를 위로하고 격려했다. 내 귀에는 한마디도 들어오지 않는 말들이었다. 나는 속으로 이렇게 말하고 있었다.

'어머니! 오늘이 저를 보는 마지막이에요. 어머니 아들 형주가 곧 죽어요.'

비통한 심정으로 묵묵히 어머니 얼굴만 바라보았다.

면회 시간이 끝나갈 즈음에 어머니가 말했다.

"성경책 놓고 간다. 이럴 때일수록 낙심하지 말고 하나님 말씀에 귀 기울여 봐."

성경책 따위가 내 눈에 들어올 리 없었다.

"변호사들은 뭐하고 있어요?"

"글쎄, 일이 자꾸 길어지는구나. 쉽지는 않을 것 같다."

변함없이 차분한 어머니 얼굴마저 짜증스러웠다. 이 세상 누구도 내가 겪는 치욕과 절망감을 모르고 있다는 생각에 화가 났다. 내가 어떤 마음으로 하루를 견디고 있는지 알아요? 마구 소리치고 싶었다.

감방으로 돌아온 나는 성경책을 구석에 던져 놓았다. 모태신앙으로 갓 걸음마를 떼었을 때부터 기도와 찬송을 들어 왔으니 나에게는 아주 익숙한 성경이다. 저 안에 어떤 이야기들이 들어 있는지 다 알고 있었다.

유리를 구해 놓고도 당장 실행에 옮기지 못한 것은 겁이 나서만은 아니었다. 분노와 억울함이 내 안에서 요동치고 있었다. 내 인생이 왜 이렇게 끝나야 하는지, 이 어처구니없는 현실을 인정할 수가 없어 하루하루 자살을 연기하고 있었다.

그러나 조만간 죽게 되리라는 건 분명했다. 앞날에 아무 희망도 없었다. 누구의 얼굴도 볼 자신이 없었다. 자살만이 이 구차한 고통에서 벗어나는 길이었다.

마지막 공판 날짜가 다가오고 있었다. 나는 유리조각을 만지며 초조해하고 있었다. 조만간 실행할 작정이었다.

쇠창살에 성에가 낄 정도로 유난히 추운 날이었다. 문득 반바닥에 놓여 있는 성경책이 눈에 띄었다.

그동안 성경책이 어디에 있는지도 몰랐다. 좁은 감방 안에서 때로는 누구의 베개가 되기도 하고, 누구의 허리 밑에도 들어갔다가, 누구의 손에 잠깐씩 들려 있기도 했고, 누구의 화난 발길질에 채이기도 하고 있었다.

나는 잠시 성경을 물끄러미 바라보았다.

갓난아기 때부터 저 책 사이로 기어 다니며 자랐다. 가족예배 때마다 펼쳐 들었고, 유치원생일 때부터 매주일 옆구리에 끼고 교회로 갔다. 나와 가장 가깝고 친근한 책이었는데, 지금은 내 인생과 전혀 무관한 것이 돼 있다.

'저 책에 내 인생도 들어 있을까?'

그런 생각이 들었다.

성경이 어떤 책이라는 걸 누구보다 잘 알았다. 달달 외우는 구절도 많았다. 학교는 쉽게 빠질지 몰라도 교회 빠지는 것은 본능적으로 미안하고 죄책감이 들었다. 그만큼 어릴 때부터 신앙생활은 내 일상의 자연스러운 계율이었다. 성경은 귀한 말씀이 담겨 있는 책이라 배웠으므로 소중히 다루어야 했다. 책상에 놓을 때도 가장 좋은 자리에 단정히 놓아 두었다.

그런데 새삼 궁금해졌다.

저 책엔 정말 무슨 말씀이 들어 있지? 지금 나와 같은 사람에 대한 이야기도 있을까?

진리와 생명의 책이 성경 아닌가. 성경을 통해 내 인생을 비춰 보자고 생각했다. 도대체 내가 왜 이런 처지에 있어야 하는 건지, 실오라기 같은 해답이나마 찾아보고 싶었다.

나는 바닥에 아무렇게나 놓여 있는 성경을 가져와 첫 장을 펼쳤다.

"태초에 하나님이 천지를 창조하시니라."

보지 않아도 아는 구절이다.

나는 계속 읽어 내려갔다.

하나님은 빛을 만들었다. 밤과 낮을 만들었다. 땅을 만들고 바다를 만들었다. 짐승과 새들과 물고기를 만들고, 꽃을 만들고 숲을 만들었다. 천지가 창조되고 있었다.

창세기를 처음 읽는 기분이었다. 하나님이라는 존재가, 마치 그림을 그리듯 말 한마디로 세상을 창조해 나가는 모습이 눈앞에 떠올랐다. 말 한마디에 우주가 창조되고 있는 그 경이롭고 신비한 순간이, 내가 그것을 믿거나 말거나, 영화의 한 장엄한 장면처럼 내 머릿속에 선명하게 하나하나 그려졌다.

하나님은 그렇게 지상의 모든 것을 만들어 가다 마지막 여섯째 날에 자신의 형상을 닮은 인간을 만들었다. 그렇게 인간의 이야기가 시작되었다.

최초의 인간인 아담과 하와가 나오고, 선악과가 나오고, 뱀이 나오고, 남녀는 유혹을 못 이겨 하나님의 말을 어기고는 동산에서 쫓겨난다. 그리고 첫 번째 살인이 나온다. 카인이 동생 아벨을 돌로 쳐 죽인다. 이미 알던 이야기지만, 이렇게 오래 전에 살인이 있었구나 하는 사실이 새삼 새롭게 느껴졌다.

이어서 인간의 온갖 탐욕과 거짓과 행음과 수많은 죄의 행위들이 쉴 새 없이 등장한다. 하다못해 자기가 낳은 자식을 자기가 만든 우상 앞에서 피 흘리는 제물로 바치는 끔직한 짓마저 저지른다.

인간의 역사는 죄의 역사였다. 인간들은 저 혼자 화내며 떠났다가 돌아오고, 죄를 지었다가 회개하고 다시 죄를 짓기를 반복했다. 결국 하나님은 진노하셨고 노여움에 성을 무너뜨리고, 노아 때는 홍수로 세상을 다 쓸어 버리시기도 했지만, 그러면서도 끊임없이 인간을 기다려 주셨다. 끊임없이 무언가를 약속하고 참아 주고 경고하고 때리고 감싸 주시기도 하면서 인간이 진정으로 회개하기를 기다리고 계셨다.

어린 날이 떠올랐다.

아버지 서재에 들어가면 라디오 옆으로 아버지 옷이 걸려 있는데, 어느 날 뛰어노는 척하면서 아버지 옷 주머니에서 돈을 꺼냈다. 안 들켰다. 그래서 두세 번 더 훔쳤다.

이런 일도 있었다. 어느 날 아버지가 백 원을 주시면서 전구가 나갔으니 새 전구를 사 오라고 하셨다. 구멍가게에 가 보니 전구 하나에 30원이었다. 나는 전구를 사고, 그 옆의 아이스케키가 너무 맛있어 보여 그것도 사 먹었다. 아이스케키는 5원이어서 거스름돈 65원을 받아 전구와 함께 아버지에게 갖다 드렸다. 그런데 잠시 후에 아버지가 "이런, 전구 사다놓은 게 있었는데 깜박했다. 이거 가게에 가서 도로 물러 와라" 하시는 것이다.

대문을 나섰지만, 나는 가게에도 못 가고 집에도 들어갈 수 없어 울면서 동네를 돌아다녔다. 해가 지고 날이 어둑해졌다. 나는 집을 저만 치 두고 골목 계단에 쪼그려 앉아 있었다. 어머니가 나오시더니 내 이름을 불러 대며 나를 찾기 시작했다. 이윽고 나를 발견한 어머니가 한달음에 달려왔다. 나에게 자초지종을 들은 어머니가 말씀하셨다.

"형주야, 아직 아버지를 모르니? 네가 정직하게 아이스케키가 먹고 싶어서 사 먹고는 거스름돈을 속였다고 하면 아버지가 너를 때리시겠니? 꾸중은 하시겠지만 용서해 주실 분이잖아."

그러자 몇 해 전 아버지와 겪은 일도 생각난다. 내 솔로음반이 불티나게 팔리고 방송 MC와 라디오 디제이로서도 최고의 주가를 올리고 있을 때였다.

어느 날 아버지가 나를 불러 앉히고는 연예인 활동을 그만두고 학교 공부에만 전념하라고 호통을 치셨다. 아버지는 전에도 여러 번 그런 말씀을 하셨다. 결국 그 때문에 한창 인기가 오르던 트윈 폴리오를 해체했던 것이다.

하지만 그 무렵의 나는 달라져 있었다. 내가 버는 돈이 아버지 월급의 몇 배였다. 모든 방송국에서 나를 섭외하려 했고, 집 밖에만 나가면 윤형주 이름 하나로 못 할 것이 없었다. 박사이고 대학교 학장인 아버지였지만 이제는 사람들에게 윤형주 아버지였다.

"아버지, 지금 저보고 나가라고 하셨어요? 저 이제 어린아이가 아니에요. 아버지 그렇게 말씀하시면 저 지금 바로 나갑니다. 나중에 후

회나 하지 마세요."

얼마나 기고만장했던가. 어린 날부터 늘 어려웠던 아버지였는데 그때는 아버지가 나보다 작아 보였다. 부모라는 것만으로 내 인생에 개입하려는 것에 짜증이 났다.

나는 그 즉시 집을 나와 근처에 아파트를 얻었다. 그리고 일하는 아주머니 한 분을 두고 어떤 간섭도 받지 않고 자유롭게 방송 활동을 했다. 부모님 눈치 볼 일 없기에 수시로 친구들을 불러 집에서 술 파티도 열었다.

그러던 어느 날. 집에 돌아오니 일하는 아주머니가 "아버지가 다녀가셨다"고 했다. 형주 아버지라고 하기에 문을 열어 드렸더니, 소파에 30분 정도 가만히 앉아 계시다가 아무 말 없이 일어나 돌아가셨다고 했다.

나는 잠깐 마음이 착잡했지만 곧 잊어버렸다. 나중에 집으로 돌아가서도 아버지와 그날에 대해 이야기해 본 적은 없다.

아버지는 거기에 앉아 무슨 생각을 하셨을까?

아버지가 받으셨을 마음의 상처, 자식의 교만 앞에서 묵묵히 노여움을 삭히며 쓸쓸해하셨을 아버지의 마음이 떠오르자 눈시울이 뜨거워졌다.

얇은 성경책 종이를 한 장 한 장 넘겨 가는데, 마치 양파처럼 내 영혼의 껍질이 하나하나 벗겨지는 것 같았다. 성경에 나온 인간들의 교만과 욕심과 분노, 이기심에 빠져 걸핏하면 하나님에게 대들곤 하는 성경 속의 인간들 모습이 모두 나의 것이었다. 내 안에 있는 것들의 갖가지 다른 형상이었다.

내 안에 죄의 강물이 넘실거리고 있었다는 것이 온몸으로 느껴졌다. 질끈 눈이 감겨질 만큼 창피하고 부끄러웠다. 그런데 신기하게도 가슴 한쪽에서는 묘한 기쁨이 번지고 있었다. 나의 영혼에 무엇인가 다가오고 있었다. 흑암의 저 무서운 터널에 조금씩 빛이 스며들고 있었다.

나는 긴장했다. 이렇게 설레고 긴장하면서 성경을 읽는 것이 처음이었다. 아니, 성경을 창세기 첫 줄부터 한 페이지도 거르지 않고 쭉 읽어 가는 것부터 처음이었다.

이사야서에 이르렀다. 선지자 이사야가 유다와 예루살렘에 대해 보았던 예언적 환상을 기록한 글이다. 이렇게 시작된다.

"유다 왕 웃시야와 요담과 아하스와 히스기야 시대에 아모스의 아들 이사야가 유다와 예루살렘에 관하여 본 계시라. 하늘이여 들으라. 땅이여 귀를 기울이라. 여호와께서 말씀하시기를 내가 자식을 양육하였거늘 그들이 나를 거역하였도다……."

읽다가 43장에 이르렀다. 이런 구절이 나왔다.

"야곱아 너를 창조하신 여호와께서 이제 말씀하시느니라. 이스라엘아 너를 지으신 자가 이제 말씀하시느니라. 너는 두려워하지 말라."

아, 야곱이 나였고 이스라엘이 나였다. 하나님이 지금 나에게 말하고 있다는 것을 전율처럼 느꼈다. 어떤 육성이 들리는 듯했다. 그 육성이 말하고 있었다.

"너는 두려워 말라."

오 하나님! 목이 메어 오고 눈물이 나오려 했다.

하나님이 계속 말했다.

"내가 너를 구속하였고 내가 너를 지명하여 불렀나니 너는 내 것이라. 네가 물 가운데로 지날 때에 내가 함께할 것이라. 강을 건널 때에 물이 너를 침몰치 못할 것이며 네가 불 가운데로 지날 때에 타지도 아니 할 것이요 불꽃이 너를 사르지도 못하리니 대저 나는 여호와 네 하나님이요 이스라엘의 거룩한 자요 네 구원자임이라."

눈물이 쏟아졌다.

"너는 내 것이다!"

선포하듯 하나님이 말씀하고 있었다. 한없이 크고 따뜻한 손이 내 어깨를 어루만지고 있는 것 같았다. 하나님이 또 말씀하셨다.

"내가 애굽을 너의 속량물로, 구스와 스바를 너를 대신하여 주었노라. 네가 내 눈에 보배롭고 존귀하며 내가 너를 사랑하였은즉, 내가 네 대신 사람들을 내어 주며 백성들이 네 생명을 대신하리니 두려워하지 말라."

하나님이 나를 구하려고, 나를 찾아 데려오려고 구스와 스바를, 수원과 안양만 한 큰 도시 두 개를 넘겨주었다고 한다. 나 따위가 뭔데? 가슴이 콱 막혔다. 불길 같은 뜨거운 것이 가슴에서 솟구쳐 올랐다.

하나님이 오래도록 나를 기다려 왔고 지금 이 순간도 기다리고 있다는 것이 생생하게 느껴졌다.

그런데 하나님은 왜 나를 기다리시지?

나는 바로 느낄 수 있었다. 사랑이었다. 사랑하니까 용서하고, 참아 주고, 기다려 준다. 하나님은 사랑하는 사람을 결코 포기하지 않으신다. 죄의 수렁에 빠지면 큰 성 몇 개를 주고라도 구해 오신다.

벼락처럼 깨달음이 왔다. 인간의 죄를 대속하기 위하여 십자가에서 피 흘리며 죽은 예수님. 수없이 듣고 읽었던 그 이야기의 의미가 화살처럼 내 심장으로 날아와 박혔다. 값을 치른다는 게 무엇인지, 거기에 얼마나 깊은 사랑과 기다림이 있는 것인지……. 이미 2000년 전에 내가 이 생에서 지을 죄를 당신의 피로 값아 준 분이 있었다는 것을 나는 소스라치면서 느꼈다.

죄의 삯은 사망이라 했는데, 하나님께서는 당신의 아들을 보내 대신 죽임을 당하게 하면서 나 윤형주의 죗값을 치러 주셨다.

왜? 내가 하나님 당신에게 무엇이기에?

쯧쯧, 하면서 하나님이 말씀하셨다.

'형주야, 네가 지금 서대문구치소가 치욕이고 저주스러워 죽고만 싶지? 죽는 것으로 다 끝내고 싶니? 나는 너를 포기하지 못해. 내가 너를 만들었고, 너의 인생 모든 순간에 함께했어. 내가 너를 사랑하거든. 형주가 어떤 사람인지 잘 알지. 너는 나의 아들이야. 내가 성 몇 개를 주고라도 찾아올 아이인데 네가 죽어 버리겠다고?'

나는 성경을 가슴에 안고 눈물로 통곡을 했다.

아, 성경은 나의 이야기였다.

하늘이 열리던 태초의 그 순간부터 나를 걱정하며 지켜보고, 때로 훈계하고 매를 들면서도 오직 사랑으로 기다리고 있는 내 영혼의 주인, 하나님과 나의 이야기책이었다. 내가 감히 내 삶의 가치를 부정하고, 그리하여 스스로 목숨을 거두려 했지만 하나님은 내 영혼이 누구의 손에 있는가를 보여주었다.

내가 만드는 인생이 아니었다. 가수로서 자부심을 가졌던 나의 목소리와 세상에서의 성공도 내 것이 아니었다. 굴욕에 찬 차가운 감방도 나 혼자 겪는 것이 아니었다.

모든 것이 주님으로부터 왔다. 내가 알아차리길 기다리며 먼저 걷고 있는 주님의 발걸음, 주님이 내 영혼에 개입하는 놀라운 역사의 과정이 온몸으로 느껴졌다.

따뜻하고 환한 빛이 내 영혼을 감싸고 있었다.

괜찮아, 괜찮아, 하며 말할 수 없이 따뜻한 손이 내 머리와 어깨와 등을 쓰다듬어 주었다.

나는 침낭 안에서 하나님을 생각하며 오래 흐느꼈다.

청혼

아내를 처음 보았을 때가 생각난다.

어머니는 지금 내 장모님인 당시 남채숙 집사님의 남산동 집에서 몇몇 분들과 정기적으로 기도 모임을 가졌다. 어느 날 우연히 어머니를 따라 그 집에 갔다가 그 집 딸이라는 여자아이를 보았다.

이름은 김보경. 그때 나는 대학생이었고 그녀는 중학생이었다. 여자로 눈에 들어올 리 없는, 그냥 어린 소녀였다.

두 집안의 인연이 이어지면서 몇 해 동안 간간이 그 소녀를 보게 되었다. 어느 때는 얼굴을 잊었다가, 경기여고 동창인 누이동생의 말을 듣고 나서야 "아, 저 애가 그 김보경이야?" 하고 뒤늦게 알기도 했다.

그러다가 대학생이 된 보경이를 보게 되었는데, 그때는 좀 놀랐다. 어려 보이기만 하던 아이가 성숙한 처녀가 되어 있었다. 그렇긴 해도 내게는 여전히 엄마 친구의 딸일 뿐이었다. 이성으로서의 감정은 전혀 없었다.

그 무렵 어머니와 남 집사님이 전보다 더 자주 왕래하셨다. 나도 덩달아 남 집사님 집에 자주 드나들게 되어 그 집 식구들과 여러 번 같이 식사를 했다. 그때마다 보경이는 국을 좋아하는 나에게 "오빠, 더 드실래요?" 하고 물어보곤 했다. 나는 더 달라거나 그만 먹겠다거나 한두 마디로 대답했다. 그뿐이었다.

어느 날 어머니가 나에게 조심스럽게 물었다.

"형주야, 너 보경이 어떻게 생각하니?"

"뭘 어떻게 생각해요?"

"너도 좀 있으면 결혼해야 할 텐데, 내 보기엔 보경이도 괜찮아 보이더라만."

"네에? 지금 무슨 말씀을 하세요? 남 집사님하고 두 분이 무슨 얘기라도 나눴어요?"

"아니, 그런 것까진 아니고……"

"어머니, 지금 조선시대도 아니고 어른들끼리 그런 거 정하고 그러지 마세요. 저 때 되면 알아서 여자 만나고 결혼해요. 물론 부모님한테 인사시켜 드리고 허락 받고 할 거구요. 그러니까 다시는 보경이 얘기 꺼내지도 마세요."

어머니는 그 뒤로 결혼 이야기를 하지 않으셨다. 그리고 나는 가급적 남 집사님 댁에 가지 않았다.

그러던 어느날 무슨 일 때문인가 남 집사님 댁에 찾아 뵈었다가 저녁을 먹게 되었는데 남 집사님이 곰국을 차려 주셨다. 참 맛있었다. 원래 남 집사님의 음식 솜씨는 주변 사람들이 인정할 정도로 정갈하고 맛이 깊었다. 나는 평소에도 국을 좋아해서 두 그릇이나 먹곤 했는데 그날은 먹다 보니 네 그릇이나 비웠다.

"한 그릇 더 드려요?"

보경이 다가오더니 수줍은 표정으로 물었다. 보경이도 자기 어머니에게 무슨 말을 들었는지 어땠는지 모르지만, 밥 먹으면서 가끔 나를 훔쳐보았다.

"응."

나는 국을 더 달라고 해서 그것까지 깨끗이 비웠다.

식사를 끝내고 남 집사님과 잠시 대화를 나누었다. 그동안 보경이는 거실을 오가면서 빈 그릇을 날랐다. 아무래도 나 역시 평소보다 눈길이 갔는데, 언행이 참 단정하다는 생각이 들었다. 자기가 해야 할 일도 정확히 알아 남을 번거롭게 하지 않으면서 필요한 일들을 하고 있었다.

'그래, 남 집사님이 오죽 잘 키우셨을까.'

나는 처음으로, 김보경을 내 아내가 될 수도 있는 여자로 생각해 보았다. 괜찮은 여자였다. 그러니까 어머니도 나한테 보경이 얘기를 했겠지, 하는 생각도 들었다.

그 후 보경이와 집 밖에서도 자연스럽게 만나면서 교제가 시작되었다. 교제라지만 단둘이 만난 적은 거의 없었다. 그녀는 내가 얼굴이 알려진 연예인이라 자기 때문에 안 좋은 소문이 날까 봐 걱정했다. 소문나면 사실 자기도 불편해질 수밖에 없는 처지였다.

그래서인지 데이트를 할 때 항상 친구들과 함께 나왔다. 나 혼자 여러 명의 여자들을 상대하기가 버거워 차츰 동창이나 후배들을 데리고 나갔다. 그러다 보니 데이트란 게 늘 그룹미팅이었다.

보경이는 딱 요조숙녀였다. 행실이 조용하고 정숙하다는 것 말고도 워낙 곱게 자라 생활 영역이 한정돼 있었다. 노량진 수산시장에 데리고 가 회를 사 주고, 포장마차에 데리고 가서 닭똥집을 사 주면, 그런 곳들이 처음이고 그런 걸 먹어 본 것도 처음이라며 즐거워했다.

그래서 나는 낚시에도 데리고 가서 텐트 치고 1박 2일로 지내며 그녀와 그녀의 친구들을 즐겁게 해 주었다. 뭐가 먹고 싶다고 하면 어떻게든 구해서, 나와 친구들이 요리를 해 주었다.

그때는 내가 1971년에 이어 '0시의 다이얼'을 다시 맡아 디제이를 하고 있을 때였다. 데이트 할 시간이 많지 않고 둘만 따로 만나기도 어려워 방송을 사적으로 이용하기도 했다. 청취자와 연결되는 전화기와 개인이 사용하는 전화기 두 대가 있었는데 개인용 전화기로는 그녀와 이야기를 했다.

"보경아, 뭐 듣고 싶은 음악 있어?"

"음, 존 덴버의 '투데이'요."

"알았어, 기다려."

그녀가 신청하는 곡이 방송실에 없으면, 밖에 있는 스태프에게 좀 갖다 달라고 부탁했다. 그리고 다음 순서에 청취자의 신청 음악을 트는 것처럼 하면서 멘트와 함께 음악을 내보냈다.

방송이라 이름을 말할 수 없어 "연희동에 사시는 김영순 님이 존 덴버의 '투데이'를 신청해 주셨네요. 자, 음악 나갑니다" 하는 식으로 적당히 멘트를 깔았다.

소문을 들은 그녀의 친구들이 신청곡을 부탁해 오기도 했다. 그러면 전화로 친구들의 사연과 신청음악을 듣고는 적당한 시간에 일반 청취자의 엽서를 읽는 것처럼 해서 음악을 틀어 주었다.

그것은 사실 대단한 특권이었다. 당시 '0시의 다이얼'에는 엽서가 하루에 수백 통씩 들어왔다. 엽서를 정리하는 아르바이트생이 따로 있을 정도였다. 그 수백 장의 엽서 중에서 방송에 나가는 것은 많아야 30여 장이다. 후일 '예쁜 엽서 전시회'가 탄생할 정도로 정성 들여서 만든 엽서들이 매일 쌓이다 보니 어지간해서는 채택되기 힘들었다.

그러고 보니 내가 연애하고 있다는 것을 가장 먼저 안 것은 아마 '0

시의 다이얼' 스태프들이었을 것이다. 사적인 통화를 하고 음악도 틀어 주면서 노는 것을 그들은 매일 유리창 밖에서 보고 있었다.

그렇게 1년 정도 만났을 때 어른들이 우리 문제를 논의하는 것 같았다. 이제는 나도 김보경을 내 미래의 신부로 생각하고 있었으므로 내 나름대로 청혼을 준비했다.

나는 어느 날 저녁에 꽃 한 다발과 기타를 들고 보경이 집을 찾아갔다. 그리고 그녀의 방이 있는 이층에 올라가 꽃을 건넸다.

"와아! 고마워, 오빠."

보경이는 활짝 웃으며 행복해했다.

아내는 꽃을 좋아한다. 목련을 가장 좋아하지만, 어려서부터 꽃은 다 좋아했다. 지금도 차를 타고 가다가 길가에 예쁜 들꽃이라도 보이면 꼭 차를 세워 달라고 해서 한참 동안 꽃을 들여다보곤 한다.

나는 보경이를 의자에 앉혀 놓고 기타를 치며 냇 킹 콜의 '스타더스트'를 불렀다.

어떤 노래가 좋을까 한참 고민하다가 선택한 곡이었다. 가사 내용이 헤어진 연인을 추억하는 것이라 청혼하는 데 어울리지 않는 노래였지만, 영어로 부르는 것이라 신경 쓰지 않았다. 은하수(Stardust)라는 제목처럼 별이 총총한 밤하늘이 떠오르는 이 노래의 서정적인 멜로디가 청혼 분위기에 맞을 것 같았다. 이 노래만큼은 내가 냇 킹 콜보다 잘 부를 수 있다고 스스로 자부하던 곡이었다.

노래가 끝난 다음 나는 청혼을 했다. 그리고 보경이는 내 마음을 받아주었다.

우리는 1974년 11월에 약혼식을 하고 이듬해 1975년 3월 22일에 결혼했다. 결혼예식은 내가 어릴 때부터 부모님의 손을 잡고 다녔던 동신교회에서 했다.

그런데 결혼한 첫해에 대마초 사범으로 구속되어 몇 달 동안이나 아내에게 옥바라지를 시켰으니 참 면목 없는 신혼생활이었다.

겨울에서
봄으로

감옥에서 겨울을 보내고 100일 만에 세상으로 돌아왔다. 그러나 내 하루 일과는 감방에서와 크게 다르지 않았다. 바깥출입을 전혀 하지 않았고 가족 말고는 누구도 만나지 않았다. 교회도 나가지 않아 목사님이 가끔 방문하여 예배를 인도해 주었다.

나는 망망대해의 표류자 같은 기분이었다. 가장 두려운 건 사람을 만나는 일이었다. 알고 지내던 사람들도 두렵고 낯선 사람은 더 두려웠다. 하루 종일 감방에서처럼 벽만 보며 지냈다. 내가 무슨 생각을 하고 있는지도 모른 채 창밖을 오래 바라보며 서 있곤 했다. 때 되면 아내가 차려 주는 밥상이 마치 배식을 받고 있는 기분이었다.

아내는 대마초 연예인들에 대한 기사가 나온 신문은 모두 감추었다. 내가 세상의 시선에 좌절할까 염려되었을 것이다. 하지만 아내가 감추지 않았어도 나는 신문을 볼 자신이 없었다.

공연히 내 눈치를 살피며 조심스러워하는 아내에게 많이 미안했다. 첫 아이 선명이가 태어나 산후조리를 해야 하는 아내에게 의연한 모습을 보여주고 싶은데 생각대로 잘 되지 않았다.

성경을 읽으려 해도 잘 들어오지 않았다. 감옥에서 놀라운 영적 체험을 하고, 깨닫게 되고, 습관적인 신앙생활이 아닌 진정한 믿음을 가지게 되었다고 생각했지만, 그러한 신앙적 각성이 현실의 막막함을 극복하게 해 주지는 못했다. 오히려 불쑥불쑥, 이러다가 폐인으로 굳어지는 거 아닌가 하는 불안감이 엄습했다. 그럴 때면 더 미칠 것 같았다.

봄기운이 화사하던 4월 어느 날이었다.

아내가 내 방문을 열고 들어왔다.

"좀 나와 보세요. 이백천 선생님이 오셨어요."

아내는 묻지도 않고 손님을 받았다고 뭐라 하지나 않을까 걱정하는 표정이었다.

"알았어요, 금방 나갈게."

아무도 만나고 싶지 않았지만, 집까지 찾아온 분을 돌려보낼 수는 없었다. 더욱이 이백천 선생은 세시봉에 처음 드나들 때부터 우리 통기타 멤버들의 멘토 역할을 하며 큰 도움을 주셨던 분이었다.

나는 대충 겉옷만 걸치고 거실로 나갔다. 단정하게 양복을 입은 이백천 선생이 웃으면서 먼저 손을 내밀었다.

"두문불출 한다면서?"

"네, 제가 지금 어딜 돌아다니겠어요."

나는 쓸쓸하게 대답했다.

"학교는? 의대 다니고 있었잖아?"

"의사로 사는 길은 접었어요. 학교에서 받아 줄지도 모르겠고요. 제 복학 문제로 학교에서도 여러 번 회의를 했다고 하는데 분위기가 안 좋은 것 같아요."

"많이 힘들겠다."

"뭐 학교는 미련 없습니다. 그동안에도 출석일수 부족으로 유급당하기도 하고 휴학도 몇 번이나 해서 벌써 7년째 대학생이잖아요. 이번 일 안 터졌어도 아마 끝까지 못 다녔을 거예요."

"그럼 다른 계획은 있나? 결혼도 해서 이제 가장인데 무슨 일이든 해야 될 거 아닌가."

"생각은 많이 하고 있어요."

"그러면 말이야……."

이백천 선생은 찾아온 용건을 말했다.

"나하고 광고음악 한번 해 보지 않겠어?"

"광고음악이라면, 시엠송(CM Song)이요?"

"응, 내가 시엠송 만드는 프로덕션 하나 갖고 있는 건 알고 있지? 김도향이도 지금 우리 사무실에서 일하잖아."

"그건 들었어요."

투코리안즈라는 이름으로 듀엣 활동을 한 김도향 형은, 가수가 된 것은 나보다 늦지만 나의 모교인 경기고 2년 선배로 잘 아는 사이였다.

"광고음악 시장이 꽤 괜찮아. 형주 씨는 작곡 능력이 있고 감수성도 풍부하니까 잘할 수 있을 것 같은데."

"생각해 볼게요."

"그래, 마음 정해지면 연락 줘. 내가 장담하지만 형주 씨에게 잘 맞는 일이 될 거야."

이백천 선생은 힘내라면서 내 어깨를 툭툭 두드려 주고 돌아갔다.

세상으로부터의 첫 호출이었다. 사실 경제적인 문제가 발등의 불이었다. 수입이 전혀 없어 무슨 일이든 해야 했는데, 정부의 규제 조치로 방송 출연은 물론 업소 무대도 설 수가 없었다.

학교로 돌아가 의학을 계속 공부하는 건 이미 포기했던 터였다. 의대도 처음부터 아버지의 권유로 들어간 것이지 내가 좋아서 선택한 길이 아니었다. 솔직히 의사라는 직업은 돌아다니는 걸 좋아하는 나에게는 따분한 세계로 여겨졌다.

그럼 가수나 방송 디제이 말고 내가 잘할 수 있는 게 뭐가 있을까?

가장 먼저 건축 쪽을 생각했다. 아버지가 의대를 권유하지 않았다면 나는 아마 건축학과를 갔을 것이다. 뭔가 조형물을 만들고 구조를 설계하는 것에 어릴 때부터 관심이 있었다. 하지만 그 분야의 기초 공부부터 시작하기에는 나는 이미 서른 살이 돼 가는 가장이요 어린 딸을 책임져야 하는 아빠였다.

다음은 관광이나 무역을 생각했다. 해외로 돌아다니는 일이 나에게 잘 맞을 것 같았다. 평소에도 내가 사업이나 경영 쪽에도 제법 수완이 있다고 느꼈다. 송창식과 트윈 폴리오 활동을 할 때도 방송국이나 레코드사와의 계약 문제 등은 주로 내가 전담했다. 사람들은 내 노래를 통해 나에 대해서 여성적이고 부드러운 이미지만 갖고 있는데 사실 나는 거래나 협상이 필요한 일에서 나 자신도 몰랐던 뜻밖의 능력을 보이곤 했다.

아무튼 잠정적으로 나의 미래를 관광이나 무역 분야로 정했다. 물론 당장은 일을 벌일 경제적인 여력도, 마음의 여유도 없었다. 그저 막연한 공상 단계였다.

들리는 말에 의하면 함께 구속되었던 다른 연예인들의 처지는 더 힘겨운 듯했다. '여고시절'이라는 노래로 유명해졌던 이수미는 백화점 점원으로 일한다고 했다. 일도 고되지만 눈앞에서 수군거리는 고객들의 시선이 더 견디기 힘들다고 했다. 한 코미디언은 아예 미국으로 이민을 갔고, 입사시험에 합격하고도 대마초 가수라는 이유로 채

용이 거부된 후배도 있었다.

몇몇은 생활 때문에 위험을 무릅쓰고 음성적으로 업소 무대에 서고 있지만, 사건이 있기 전보다 훨씬 못한 대우를 받는다 했다. 화장품 외판원을 하는 한 후배 가수는 내 앞에서 눈물을 보이기도 했다.

사정이 그랬으므로 이백천 선생의 제의는 솔깃했다. 시엠송이 생소한 분야이긴 하지만 노래 작곡보다 크게 어려울 것 같진 않았다. 가수 활동이 금지된 마당에 내가 해 오던 일에서 크게 벗어나지 않는 시엠송 작곡은 나에게 딱 맞는 일 같기도 했다.

무엇보다, 이제는 그만 세상에 나가야 했다. 은둔 생활이 더 길어지면 회복하기 힘들 정도로 자신감을 잃을 것 같았다.

나는 이튿날 바로 이백천 선생에게 연락을 했다. 이백천 선생은 잘 생각했다면서 매우 반가워했다.

"그럼 내일부터 바로 나와요. 지금 당장 와도 좋고. 한국스튜디오 사무실 위치는 알지?"

나는 외출을 준비했다. 출소한 지 한 달 만이었다.

거리의 봄 햇살에 눈이 따가웠다. 내가 어떻게 살든 세상은 아무 일 없이 잘 돌아가고 있었다. 문득 감방에서 내가 보았던 캄캄한 터널이 떠올랐다. 죽음으로 가는 터널이었다. 생각해 보니 이렇듯 햇살을 받으며 사람들 사이를 걸어가고 있다는 자체가 기적이었다.

윤형주.

걸으면서 내 이름을 살짝 불러 보았다.

윤형주, 윤형주, 윤형주……

나는 계속 나를 불렀다.

괜히 가슴이 뭉클했다.

한국스튜디오는 내 인생에서 월급을 받으며 출퇴근해 본 첫 직장이었다.

몇 가지 이유로 두 달밖에 다니지 못했지만, 그동안 일하면서 광고 음악을 어떻게 만들어야 하는지는 대강 감이 잡혔다. 작곡과 가수 활동을 해 오면서 대중의 정서와 심리를 읽는 훈련이 돼 있어서 그런 것 같다.

시엠송이라는 장르 자체도 독특한 매력이 있었다. 내가 만든 시엠송이 방송에서 들리면 내 노래를 들을 때와는 또 다른 묘한 즐거움을 느꼈다. 시엠송은 대중에 대한 파급력도 일반 노래보다 훨씬 강력하고 즉각적이었다.

거기에 시엠송 때문에 상품 매출이 급증했다면서 업체로부터 고맙다는 말을 들을 때면 내 히트곡이 각종 가요 프로그램에서 1위를 했을 때만큼이나 기분이 좋았다. 능력을 인정받은 것도 좋았지만, 노래를 통해 인간 윤형주가 다시 세상과 소통할 수 있었기 때문이었으리라.

광고음악은 결국 내 운명이었던 모양이다. 한국스튜디오와의 인연은 두 달로 끝났지만, 얼마 후 김도향 형과 함께 다시 시엠송을 만들게 되었다. 전에는 직장인이었지만 이번에는 창업이었다. 그리고 동업이었다.

우리는 '서울오디오'라는 이름으로 충무로 2가에 사무실을 마련했다. 도향 형과 내가 함께 사용하는 방 하나, 작은 스튜디오, 소파와 회의용 탁자가 하나씩 있는 단출한 공간이었다.

"자, 이제 열심히 갱생해 보자."

사무실에 간판을 달면서 도향 형이 씩 웃었다.

시엠송이 일반 가요와 다른 점이 무엇일까?

우선 짧다. 짧기 때문에 더 함축적이다. 한두 소절에 해당 상품에 대한 구매 욕구를 이끌어 내야 하는 시엠송은 말하자면 짧고 강렬한 유혹이다. 항해에 지친 선원들을 유혹하던 사이렌의 목소리처럼 다른 생각은 잠시 잊고 지금 들려오는 목소리에만 귀 기울일 수 있어야 한다.

그러려면 어떻게 해야 할까? 고객의 내적인 욕망과 감성을 자극해야 한다. 동시에 자기가 익히 아는 듯한 어떤 추억의 정서와 맞닿아야 한다.

그 지점에서 시엠송과 일반 가요는 일치한다. 형식은 다르지만 내용이 목표하는 것은 똑같다. 마음에 파문을 일으키는 것, 감정에 흔적을 남기는 것. 시엠송은 그것을 통하여 상품을 기억하게 하고, 노래는 그것을 통하여 따라 부르고 싶게 만든다. 한마디로 그것은 감동의 영역이다.

어쩔 수 없이 자랑이 되겠지만, 나는 가요와 시엠송이 똑같이 추구하는 그 감동의 영역을 본능적으로 알아차렸다. 그건 사랑이었다. 감동은 사랑에서 온다. 자기가 표현하고자 하는 대상을 사랑하지 않으면, 절실하게 염원하지 않으면, 감동은 결코 생겨나지 않는다.

껌을 사랑하지 않으면 훌륭한 껌 시엠송을 만들 수 없다. 라면을 제대로 표현하려면 라면을 사랑해야 한다. 쫄깃하게 씹히는 면발을 사랑하고, 보글보글 끓는 소리를 사랑하고, 라면 냄비와 김치 그릇이 놓인 식탁 풍경을 사랑해야 한다. 그런 맛과 풍경을 사람들에게 알려주고 싶어 안달이 나야 한다.

그렇다면 간단하다. 간절한 마음으로 '바보' '길가에 앉아서' '조개껍질 묶어' 등을 작곡할 때와 똑같은 마음으로 만들면 되는 것이다. 다만 조금 짧게, 조금 더 반복적인 자극으로, 조금만 더 구체적으로 메시지를 담으면 되는 것이었다.

나는 시엠송 만드는 것이 재미있고 자신도 있었다. 거기에 내 음악의 여성적 부드러움과 김도향 형의 남성적 터치가 잘 조화를 이루었다. 우리는 환상적인 파트너였다. 초기작 몇 개가 연이어 히트를 치며 시엠송 의뢰가 밀려들기 시작했다.

열 개 남짓한 시엠송 제작업체들이 광고음악이라는 새로운 시장에서 각축을 벌이고 있을 때였다. 신생 서울오디오가, 1년도 채 안 되어 국내의 시엠송 제작 점유율 80퍼센트를 넘나들며 일약 동종 업계의 선두주자로 나섰다.

시엠송이 광고의 총아로 떠오르던 시절이었다. 지금은 광고 콘셉트와 CF 콘티가 먼저 나오고 거기에 시엠송을 맞춰 달라는 요청을 받지만, 그때는 시엠송이 먼저 나오고 거기에 그림을 얹었다. 시엠송 작곡이 늦어지면 애가 탄 CF 감독들이나 클라이언트 실무자들이 사무실에서 진을 치다시피 하며 "시엠송 아직도 안 나왔냐"며 재촉했다.

사무실은 늘 담배 연기로 가득했고, 내방객들이 먹고 남은 자장면 빈 그릇들이 문밖에 수북이 쌓여 갔다. 일이 밀려 스튜디오에서 밤샘 작업을 하다가 부스스한 채로 문을 열고 나오면 밖에서 완성본을 애타게 기다리던 실무자들이 대뜸 물었다.

"윤 형, 다 됐어요?"

의뢰를 받아 납품이 완료되기까지는 짧으면 2주, 길면 한 달 가까이 걸린다. 의뢰를 받아 가장 먼저 하는 작업은 가사를 만드는 일이다. 가사와 멜로디를 함께 만들어 제출할 때도 있지만 대개는 가사부터 시작한다.

사람들을 처음 끌어당기는 건 멜로디만, 가슴에 닿게 하고 오래 기억하게 만드는 건 가사이다. 일반 가요이든 시엠송이든 가사가 멜로디보다 중요하다.

노사연의 '만남'이라는 노래에 이런 가사가 있다.

"우리 만남은 우연이 아니야."

우연이 아니야. 사람들은 이 가사를 통해 노래에 관심을 갖기 시작한다. 우연이 아니라는 한마디가 사람들이 저마다 갖고 있는 애틋한 만남과 이별의 경험을 떠올리게 하고, 자기의 사랑이 우연이 아니라 운명이었다는 내적 의미를 부여해 준다.

"손이 가요, 손이 가. 새우깡에 손이 가요. 아이 손 어른 손, 자꾸만 손이 가……."

새우깡의 이 가사에서는 "손이 가요"가 핵심이다. 배가 불러도 저절로 자꾸 손이 가는 스낵 과자류의 특성을 살려, 아직 먹어 보지 않았어도 자연스럽게 친근감을 갖게 한다.

"멕시코 치클처럼 부드럽게 말해요. …… 좋은 사람 만나면 나눠 주고 싶어요. …… 껌이라면 역시 롯데껌."

껌은 입에 넣는 것이지만 간식용 스낵이라기보다는 향수나 브로치처럼 일종의 입 안 패션용품이기도 하다. 그리고 도시적 문화상품이다. 도회지에서는 버스 차장도 껌을 씹지만 농부가 모내기 하면서 껌을 씹지는 않는다. '멕시코 치클'이라는 가사는 껌의 이런 도시 문화적 용도에 이국적 분위기를 더해 준다.

더 결정적인 건 "좋은 사람 만나면 나눠 주고 싶어요"다. 이 구절이 떠올랐을 때 얼마나 기뻤는지 모른다. 이 구절은 듣는 순간 일단 정감을 느낀다. 그러면서 우정과 교감과 나눔의 여러 긍정적인 이미지들이 껌에 부여되며 껌 하나에서 문득 새로운 가치를 느끼게 된다.

최초의 백화점 시엠송이었던 "생활 속의 백화점 신세계~"는 비싸다는 인식의 백화점을 가사 그대로 우리 생활 속으로 끌어당긴 것이다. 써니텐 광고의 "흔들어 주세요"는 천연과즙을 그대로 담아 신선하다는 의미에서 착안한 것이지만, 음료수 병을 흔든다는 시각적 이미지를 통해 신나는 야외 나들이의 파티 기분을 맛보게 하려는 의도도 있다.

이렇게 가사가 나와 채택되면 작곡에 2일에서 5일, 편곡과 시안 녹음에 2일에서 3일, 클라이언트의 오디션과 감수에 4일에서 5일, 녹음 편집을 거쳐 납품 완료에 3일에서 4일이 걸린다.

하지만 상황 변수는 늘 있다. 완성된 녹음테이프를 실수로 지워 버려 심야에 악단을 불러 밤새 다시 만들 때도 있고, 수십 번씩 퇴짜 맞으며 한 달을 넘게 한 곡에 매달리기도 한다. 농심라면의 '형님 먼저, 아우 먼저' 편은 최대 히트작 중의 하나이지만, 농심그룹 신춘호 회장님의 꼼꼼한 요구에 맞추느라 50번 넘게 새로운 시안을 제출했어야 했다.

우여곡절을 겪은 여러 제품들 중에서도 시엠송이 가장 극적으로 채

택이 된 것은 '오란씨'라는 음료다. 오란씨는 동아제약의 식품사업부에서 출시한 향탄산음료수다. 당시 콜라, 사이다, 환타 등이 청량음료 시장을 장악하고 있는 상황이어서 동아제약에서는 신제품을 확실하게 인식시킬 시엠송 제작에 큰 기대를 걸고 있었다.

어느 기업이든 신제품을 발매하면 기업 오너가 큰 관심을 갖는 법이지만 오란씨는 음료가 주 업종이 아닌 제약회사에서 전략적으로 내놓은 제품이어서 강신호 회장님의 관심이 그 어느 때보다 컸다.

나와 도향 형은 열심히 몇 개의 시안을 만들었지만 두 번 연속 퇴짜를 맞았다. 그리고 세 번째 새로운 스타일의 시엠송을 만들어 오너 강신호 회장님 앞에서 오디션을 보게 되었다.

네 개의 시안을 갖고 동아제약에 들어갔더니 강 회장님을 중앙에 두고 계열사 사장단, 그룹임원들이 주르르 앉아 있었다.

"들어 봅시다."

무슨 개막 선언이라도 하듯 강 회장님이 엄숙하게 말했다.

긴장된 가운데 네 개의 시엠송이 하나하나 흘러나왔다. 당시 십대였던, 시엠송 가수 초년생인 윤석화가 부른 시안은 가장 마지막에 나왔다.

"하늘에서 별을 따다 하늘에서 달을 따다 두 손에 담아 드려요. 오란씨. 아름다운 날들이여 사랑스런 눈동자여, 오, 오오오, 오란씨, 오란씨 파인."

노래가 다 끝나자 다시 강 회장님이 사람들을 향해 말했다.

"의견들 말해 보세요."

그런데 아무도 의견을 말하지 않았다. 이미 노래를 들을 때부터 분위기가 무겁게 가라앉아 있었다. 나는 몇 번의 경험을 통해 그 이유를 짐작하고 있었다. 제품명을 강하게 주입시키는 당시의 음료 시엠송들에 비해 가사도 멜로디도 너무 부드럽고 단조로웠던 것이다.

"말해 보라니까."

강 회장님이 재촉을 하자 한 간부가 작심을 한 듯 입을 열었다.

"이거 가지고 광고 나가면 오란씨 밟혀 죽습니다. 노래에 너무 힘이 없어요. 후발주자인 우리 제품을 알리려면 뭔가 좀 박력 있으면서 제품명을 한 번이라도 더 들려줘야 하는데 이건 너무 약합니다. 요즘 시장 환경이 어떤데, 가사 속에서 오란씨라는 브랜드도 딱 세 번밖에 안 나오고, 시엠송이 아니라 그냥 예쁜 동요 같습니다."

몇 사람이 더 말했는데 의견들이 비슷했다. 사람들이 시엠송을 들었다는 기억조차 못 할 거라는 거였다. 나는 얼굴이 뜨거워졌다. 가수로는 제법 이름이 있었지만 시엠송 제작은 초보였기에 당당하기가 쉽지 않았다.

"윤 피디 생각은 어때요?"

묵묵히 듣고 있던 강 회장님이 나를 보며 말했다.

기회였다. 나는 강 회장님을 똑바로 바라보면서 그동안 시엠송에 대해 생각해 온 내 견해를 꺼냈다.

"저는 요즘의 광고들을 보면서 털이 숭숭 난 우락부락한 남자들이 누가 더 빨리 뛰나 씩씩거리며 경쟁하고 있는 것 같은 느낌을 받았습니다. 그런데 만약 건너편 들길에 예쁜 소녀가 꽃바구니를 들고 걸어오고 있다면 사람들은 누굴 쳐다보겠습니까. 광고의 핵심은 차별화인데, 처음엔 시간이 좀 걸릴지 몰라도 이런 소녀적인 분위기로 나가야만 승산이 있다는 게 제 생각입니다."

"그럼 이 중에서도 특별히 추천하고 싶은 게 있어요?"

나는 기다렸다는 듯 마지막의 윤석화 노래를 권했다. 이 곡은 기존의 내 노래들과 비슷한 빛깔에 광고적 임팩트도 깔끔하게 살려 내심 자부심과 애착을 갖고 있는 곡이었다. 이 곡에는 내 목소리도 한 소절 들어가 있었다.

묵묵히 들어 주던 강 회장님은 내 말이 끝나자 크게 한번 고개를 끄덕였다. 그리고 임원진을 향해 선언하듯 말했다.

"결정했습니다. 윤 피디가 추천한 이 안으로 하세요."

이후, CF도 내 의견이 반영되어 만들어졌다. 한 소녀가 꽃다발을 들고 경쾌하게 걸어가다가 수줍은 표정으로 우편함에 편지를 넣는다. 이어서 숲길에 천천히 달리는 자전거, 자전거 뒷자리에 앉아 남자와 등을 맞대고 오란씨를 마시는 소녀, 그리고 예쁜 꽃에 막 날아들어 날개를 팔랑거리는 나비가 클로즈업되며 끝난다. 청춘 멜로 영화의 한 장면 같은 상큼한 이미지였다.

이 시엠송은 일약 대박을 터뜨리며 신생 음료 오란씨를 단숨에 청량음료 시장의 최대 강자로 끌어올렸다. 그리고 30년이 지난 지금까지 오란씨는 음료 시장에서 꾸준히 판매되고 있다.

오란씨 광고는 이후 CF 모델을 정할 때도 윤여정, 김윤희, 최근에는 김지원까지 당대에 가장 청순한 이미지를 가진 여배우들을 기용하여 오란씨 시엠송의 최초 콘셉트였던 상큼 발랄한 이미지를 이어가고 있다.

나는 많게는 하루에 열두 곡까지 시엠송을 만들었다. 그렇게 만든 시엠송이 현재까지 1400여 곡이 된다.

무대에 서서 노래를 부를 수 없는 나에게 시엠송 제작은 유일한 탈출구였다. 20초 안팎의 짧은 시간 안에 기승전결을 담아야 하는 것이 시엠송이다. 광고 자체로 인상적일 뿐만 아니라 궁극적으로 제품이 시장에서 잘 팔리도록 견인해야만 했다. 나는 제품 하나마다 사랑하는 사람이라 생각하면서 내 안의 열정과 애착을 모두 쏟아부었다.

하지만 '대마초 파동'의 여파는 여전히 내 발목을 잡았다. "왜 하필이면 대마초 사건을 겪은 연예인에게 제작을 의뢰하느냐"는 기업주도 있었고, 방송윤리위원회에서는 "대마 연예인들의 창작 활동은 원칙적으로 인정되지 않는다"는 유권해석을 내놓았다. 다행히 우리의 사업 성격이 기획 쪽인 데다 생업이라는 관점에서 이해해 준 사람들의 노력으로 일을 계속할 수 있었다.

서울오디오는 시엠송 업계의 최고로 부상하게 되었고 사무실도 충무로에서 남영동으로 옮겼다. 더 넓어진 사무실에 직원들도 하나둘 충원하였다.

그러다 도향 형이 태교음악 쪽에 관심을 가지면서 나 혼자 '한빛기획'이라는 이름으로 독립하게 되었다.

광고계에 발을 디딘 지 벌써 36년 세월. 지금도 내 명함에는 '한빛기획'이라는 상호와 대표이사 윤형주라는 이름이 새겨져 있다. 어느덧 27년이 된 회사다. 시엠송 제작은 내 인생 최초의 직장이었다가 최초의 사업이 되었고, 이후에 벌인 모든 사업들의 모태가 돼 주었다. 지금은 아들 희원이도 시엠송 제작에 즐겁게 참여하고 있다.

나는 늘 직원들에게 이렇게 말했다.

"시엠송 의뢰를 받는 순간부터 그 브랜드를 광고주보다 더 사랑해라. 기능인이 아닌 아티스트의 마음으로 곡을 만들어라."

영혼의
문제

나는 어머니를 따라 기도원으로 가고 있었다. 삼각산으로 올라가는 길에는 개나리와 진달래가 한창이었고 하늘에는 구름이 한가롭게 떠다녔다. 놀러 가기 좋은 봄 날씨였지만 내 눈에는 아무것도 들어오지 않았다.

인생에 좌절해 있는 마흔두 살의 아들을 칠순 넘은 어머니가 기도원으로 데려가고 있었다.

나는 말없이 운전만 하고, 어머니는 이따금 혼잣말처럼 조용히 위로의 말을 건넸다.

"형주야, 기도하자. 기도밖에 없다."

내 귀에는 어머니의 말이 잘 들어오지 않았다. 내 문제를 당장 현실적으로 풀어 주지 않는 한, 누구의 말도 위로가 되지 않았다. 기도원으로 가는 것도 어머니가 하도 가자고 하여 막막한 심정에 그냥 따라가고 있을 뿐이었다.

기도는 집에서도 수없이 했다. 그동안 사업 한답시고 신앙생활에 게으름을 피운 것도 회개하고, 제발 저 좀 살려 달라고 하나님께 빌어보기도 했다. 하지만 하나님은 대답이 없으셨다.

기도원에 거의 다 왔을 때 어머니가 말했다.

"돈 문제를 돈의 문제로 보지 마라. 돈 문제는 영혼의 문제다."

어머니의 말에 나는 대답하지 못했다.

절박한 나에게는 현실성 없는 의례적인 말로 들렸다. 영혼의 문제이든 무슨 문제이든 나에게 당장 필요한 것은 오직 돈이었다.

기획연출자로서 내 최대의 성공은 1988년의 서울올림픽 때 이루어졌다. 내가 대표로 있던 '한빛기획'에서 '국제청소년캠프'라는 프로젝트를 맡았다.

국제청소년캠프는 올림픽조직위원회에서 공식적으로 운영하는 프로그램으로, 올림픽이 열리는 동안 이념과 문화가 다른 세계 각국의 청소년들이 개최국에 모여 토론도 하고 친선도 다지는 행사였다. 올림픽 헌장에 "캠프는 올림픽 장소로 간주한다"고 명시되어 있을 정도로 꽤나 비중 있는 행사였다.

이 캠프에는 우리나라 청소년들을 포함해 세계 50여 개국에서

2000여 명의 청소년들이 참가했다. 캠프에 들어온 아이들은 각자의 나라에서 엄선된 아이들이었다. 가봉과 말타 공화국 등 소수 국가에서 온 아이들은 대개 왕족이나 대통령, 장관 등 국가지도자급에 속하는 인사들의 자녀들이었다. 어느 국가이든 그 나라 최고의 엘리트 학생들이 참가한 것이다.

우리의 임무는 아이들을 올림픽 경기에 참관시키고 관광 안내도 하면서 올림픽이 진행되는 내내 다양한 프로그램을 만들어 주는 것이었다. 그 프로그램의 기획과 연출, 행사 진행, 이동을 위한 교통 등을 모두 우리 한빛기획에서 맡았다.

프로그램의 준비와 진행도 철저해야 했지만 안전이 그 무엇보다 최우선이었다. 올림픽이 끝날 때까지 하루도 마음을 놓을 수 없는 대규모 행사였다.

행사 기간은 올림픽과 병행하여 20일이었는데, 우리는 이미 1년 전부터 준비하여 모두 스무 개가 넘는 프로그램을 기획했다. 첫날의 개최식은 흥겨운 농악놀이로 시작하고, 각 나라의 민속의상축제, 청소년 오케스트라 연주, 수백 명으로 구성된 대합창단 연주, 엄청난 양의 화약이 소모되는 불꽃축제 등에 이어, 마지막으로 강강술래 놀이를 펼치는 것으로 준비했다.

다양한 프로그램을 보여주기만 하면 되는 게 아니라, 프로그램마다 국제청소년캠프의 취지에 맞는 주제가 있어야 했다. 그리고 무엇보다 재미와 감동이 있어야 했다.

올림픽이 끝난 뒤, 종합평가회에서 국제청소년캠프가 우수상을 받았다. 올림픽 조직위원회의 사마란치 회장이 직접 나에게 '국제적인 감각과 기획력이 있는 좋은 일꾼'이라고 칭찬했다.

나는 지인들에게 자랑했다.

"너희들 사마란치 회장에게 칭찬 들어 봤어?"

그의 칭찬은 나에게 커다란 자신감을 주었다. 더불어 한빛기획은 기획연출력을 인정받음으로써 사업적으로도 매우 중요한 발판을 다질 수가 있었다.

올림픽이 끝난 몇 달 뒤, 미국의 가수 케니 로저스 측에서 연락이 왔다. 얼마 후 일본에서 공연을 하는데 그때 한국에도 들러 공연을 하고 싶다는 것이었다.

'아, 이제 나의 시대가 열리는구나.'

마침 그렇지 않아도 케니 로저스 등 해외의 유명 가수를 초청해 내한공연을 기획하는 일을 생각해 보고 있던 참이었다. 접촉하는 것조차 쉽지 않아 기회가 생기기만을 바라고 있었는데, 이게 웬일인가 케니 로저스 측에서 먼저 연락해 온 것이다.

서울올림픽의 영향이었다. 우리가 국제청소년캠프 행사를 성공적으로 치른 것이 거기까지 소문이 난 것이다. 대단한 행운이었다.

케니 로저스는 당대 최고의 팝 컨트리 가수였다.

케니 로저스는 원래 '퍼스트 에디션(First Edition)'이라는 그룹의 리드보컬이었는데, 솔로로 데뷔하여 〈루실(Lucille)〉이라는 싱글앨범을 내 공전의 히트를 기록했다. 이 음반으로 케니 로저스는 그래미상의 컨트리 최우수 남자가수상을 받았고, 빌보드 선정 1977년 최우수 크로스오버 아티스트로 꼽히기도 했다. 당시 웬만한 부호들도 소유하기 어려운 전용기를 마련해 세계 어느 공항이든 자유롭게 넘나들었다.

그런 케니 로저스가 자청해서 한국 공연 기획을 나에게 의뢰해 온 것이다. 나는 가슴이 벅찼다. 올림픽 행사를 치르고 나서 생긴 자신감에 더욱 불이 붙었다. 이 일을 기회로 국제적인 비즈니스에 본격적으로 뛰어들어야겠다는 생각도 했다.

나는 곧바로 국제변호사를 고용해 케니 로저스 측과 계약에 들어갔다. 그쪽에서 먼저 연락해 온 일이므로 계약은 수월하게 진행되었다. 1989년 3월 25일과 26일 양일간 한국에서 공연하기로 최종 합의되었다.

첫날은 힐튼호텔에서 디너쇼로 공연하고, 둘째 날은 일반 공연으로 코엑스의 전시장에 대형 스테이지를 만들기로 했다. 다행히 그가 제시한 출연료도 예상보다 높지 않았다. 일본에 가는 김에 들르는 일정이었기 때문이었다.

케니 로저스의 내한공연이 유치되자 각종 신문과 잡지에서 인터뷰 요청이 쇄도했다. 국제청소년캠프 행사는 규모와 경비로 치면 더 큰 행사였지만 대중에게는 잘 알려지지 않았다. 그래서 사람들은 나를 가수로만 알았다. 그러다 케니 로저스의 내한공연을 기획하면서 엔터테인먼트로, 기획연출을 하는 사업가로서 대중에게 새롭게 조명되었다.

케니 로저스의 내한공연은 수익 면에서도 크게 기대되는 행사였다. 동서식품이 이 공연의 후원사가 되어 3억 2000만 원을 후원했고, 공중파 방송국에서도 5000만 원의 중계료를 받았다. 그밖에도 몇 군데에서 더 후원을 받았다.

나는 케니 로저스의 시엠송 제작도 추진했다. 처음으로 한국에서 공연하는 것이니까 들어온 김에 시엠송 하나만 부르자고 권했더니 생각보다 쉽게 동의했다. 만약 미국에 찾아가서 정식으로 의뢰했다면 수억 원이 들어갈 일인데 헐값으로 맥스웰 커피 시엠송을 제작했다.

그런데 한 가지가 마음에 걸렸다. 케니 로저스의 공연 첫날인 3월 25일은 고난주간의 마지막 날이었다. 기독교에서는 부활절 당일도 그렇지만 그 일주일 전부터 고난주간이라고 하여 경건한 마음가짐으로 십자가의 고난을 묵상하며 지내게 되어 있다. 인간의 죄를 대신하여 십자가에서 피 흘려 돌아가신 예수님을 기리는 일이므로, 교회에서는 부활절을 지키는 것을 크리스마스 행사보다 더 중요하게 여긴다.

신앙인으로서 부활절에 대규모 공연을 한다는 건 옳은 일이 아니라는 생각이 들어 나는 많이 고민했다. 케니 로저스 측에 공연을 일주일

만 연기하자고 부탁하기도 했다. 세계 각국에 1년 내내 공연이 예약돼 있는 가수라 일정을 바꾸기는 어려울 것 같았다. 그런데 다행히 연기가 가능하다고 했다. 다만 조건이 있었다. 캐니 로저스의 스케줄에 차질이 생긴 것에 대한 보상으로 10만 불을 지불해야 한다는 것이다.

아직 수익금이 한 푼도 들어오지 않았는데 10만 불이나 지불해야 하는 것이다. 너무 무리한 요구였다. 어찌 해야 하지? 나는 고민하다가 결국 예정대로 공연하기로 했다. 마음만 부활절을 잊지 말고 되도록 경건히 지내자고 다짐했다.

행사 준비는 전혀 문제가 없었다. 나는 캐니 로저스가 이틀간 움직이는 동선을 꼼꼼히 확인하고 그에 따르는 모든 절차를 철저하게 체크했다.

드디어 캐니 로저스가 왔다.

첫날의 디너쇼는 성황리에 치렀다. 흥겨우면서 격조 있는 시간이었다. 공연이 끝나고 나는 캐니 로저스 일행과 유쾌하게 캘리포니안 와인으로 축배를 들었다.

다음 날, 내한공연의 둘째 날이자 클라이맥스인 코엑스 공연장으로 예매표를 구입한 수많은 관객들이 몰려오기 시작했다. 여기에서 문제가 터졌다. 그것도 두 가지가 한꺼번에.

첫 번째, 동서식품에게 후원금을 받으며 약속한 것이 캐니 로저스가 공연 중 사용하는 마이크스탠드에 맥스웰 커피 로고를 표시한다는 것이었다. 플래카드나 다른 홍보도 없고 그저 마이크스탠드에 맥스웰 세 글자만 부착하면 되는 것이었다. 그런데 이것이 광고법 위반이라는 것이다. 미처 생각지 못한 일이었다. 케니 로저스는 맥스웰 표시 없는 보통 마이크스탠드 앞에서 공연을 했다.

또 하나는 가짜 표였다. 진짜와 똑같아 전혀 구별할 수 없는 가짜 표들이 판매되어 한 좌석에 두 사람이 앉으려 하는 상황이 벌어졌다. 이 공연을 유치하려다 실패한 곳에서 방해공작을 한 것 같지만 증거를 잡을 수는 없었다.

어쨌거나 한 좌석에 표가 두 장이 있으니 난리가 났다. 공연을 보러 온 사람들이 서로 자기 자리라며 다투고, 미국 대사와 아르헨티나 대사가 같은 번호의 좌석표를 가지고 입장했다. 있을 수 없는 일이 벌어지고 만 것이다.

공연도 시작하기 전에 관람객들의 항의가 쏟아졌다. 공연을 안 보겠으니 환불해 달라는 사람, 환불이고 뭐고 당장 고소하겠다는 사람, 윤형주 나오라고 호통 치는 사람, 여기저기에서 삿대질과 고함소리가 난무했다.

나는 무대로 뛰어 올라갔다.

"여러분, 정말 죄송합니다. 저도 어떻게 된 일인지 모르겠습니다. 나중에 모든 손해배상을 하도록 하겠습니다. 제가 꼭 책임질 테니 일단 진정하시고 공연을 관람해 주세요."

가짜 표가 돌았다느니 하는 이야기는 꺼낼 형편이 아니었다. 무조건 사과했다. 일반 관객으로 공연을 보러 왔던 송창식도 내가 다급한 상황에 빠지자 무대로 뛰어 올라 "저 송창식인데요……" 하면서 내 말을 거들어 주었다.

한참 후에야 겨우 사람들을 진정시키고 공연을 시작했다. 공연 자체는 열광적인 분위기로 무사히 진행되었고 성공적으로 끝났다.

동서식품은 3억 2000만 원의 후원금을 약속했었다. 그리고 1억을 선금으로 주었다. 그런데 마이크스탠드에 맥스웰 표시를 못 하게 되자 계약 위반이라며 나머지 후원금을 지불하지 않았다. 뿐만 아니라 이미 지급한 1억 원도 돌려달라는 소송을 걸었다. 다른 스폰서도 마찬가지였다. 게다가 관람객들에게도 손해배상을 해야 했다.

공연은 무사히 마쳤지만, 내게는 한 푼의 수익금도 들어오지 않았다. 도리어 나는 코엑스 대관료를 비롯해 공연에 들어간 각종 시설과 부대 경비의 잔금을 치러야만 했다. 현찰 2억을 들고 있어야 할 판에 빚 2억을 안고 주저앉게 된 것이다.

공연이 끝나자마자 여기저기에서 빚 독촉이 시작되었다. 얼마 전까지만 해도 "아유, 사장님. 일을 주셔서 고맙습니다" 했던 사람들이 얼굴을 바꾸고 나를 공격했다.

"윤 형, 이거 안 해 주면 말이에요, 그동안 우리가 참 좋은 관계로 지냈지만 나도 돈이 급한 상황이고, 법적으로 할 수 밖에 없어요. 그런 일 없도록 해 주면 좋겠네요."

이 정도면 점잖은 말이었다. 들어설 때부터 사무실 문을 쾅 열어젖히며 나에게 욕설과 삿대질을 해 댔다. 그동안 내가 알던 사람들의 목소리나 표정이 아니었다. 큰돈을 받을 사람은 차라리 조용한데, 작은 금액을 받으려는 사람들이 더 떠들썩하고 집요했다.

공연 때 가짜 표 문제로 따지고 들기에 백배 사죄하며 더 좋은 자리를 잡아 주어 편안하게 구경하고 돌아간 사람도 환불을 요구했다. 행사를 준비하는 과정에 내가 호의로 인심을 썼던 것은 아무도 기억해주지 않았다.

내한공연 전 케니 로저스가 일본 공연을 하고 있을 때 나는 우리와 계약한 각 부문 감독과 엔지니어들 20여 명을 데리고 일본으로 건너가 견학하도록 주선했다. 항공료는 각각 부담하되 숙식을 포함한 그외 비용은 내가 제공했다.

이런 기회는 무대 시설 관련자들에게는 큰 도움이 되는 일이었다. 케니 로저스는 세계적인 공연을 하는 팀이라, 무대의 음향과 조명을 비롯해 케이블선 하나를 설치하는 것까지 뛰어난 노하우를 갖고 있었다. 큰 무대 경험이 적은 우리나라 기술진으로서는 돈 주고도 배우기 힘든 경험을 쌓는 일이었다.

같이 갔던 사람들은 모두 잘 배우고 간다면서 나에게 고마워했었다. 하지만 그때뿐, 그런 호의를 기억하고 내 입장을 배려해 주는 사람은 거의 없었다. 결국 동서식품에서 우리 집을 가압류하게 되어 졸지에 집을 잃을 처지가 되었다.

그야말로 지옥이었다. 사무실에서는 하루 종일 빚 독촉에 시달리고, 집에 들어가면 아내가 울고 있었다. 아이들은 집에까지 찾아온 사람들에게 아버지가 막말을 들으며 삿대질 당하는 것을 보면서 잔뜩 풀이 죽어 지냈다.

어느 날 막막한 기분으로 방에 누워 있었다.

"죄 많은 이 세상은 내 집 아니네……." 이런 가사로 된 찬송가가 떠올랐다. 그래, 이제 이 집은 내 집이 아니야……. 단 며칠 만에 천국에서 지옥의 나락으로 떨어진 내 처지가 하도 어이없어서 혼자 실실 웃기까지 했다.

아는 사람들에게 돈을 빌려 보려 했지만, 내가 실패한 것을 아는지 나를 피하기만 했다. 거기에서 또 사람들에게 실망을 했다.

돈 부탁은 정말 하기 어려웠다. 나로서는 망설이고 망설이다 하는 전화였다. 평상시라면 돈 이야기는 절대 꺼내지 않았을 사람에게 체면이고 뭐고 다 벗어 던지고 간절하게 부탁하는 일이었다.

"아유, 어제만 연락했어도 빌려줄 수 있었는데……."

"어쩌지? 오전까지만 해도 돈이 있었는데, 조금 전에 동생이 빌려

갔거든."

이런 말을 듣고 나면 눈이 질끈 감겼다. 전화를 한 것이 죽도록 후회되었다.

기도원에서 사흘 동안 있으면서 금식기도를 했다. 하루에 세 번 예배를 보고, 자유 시간에는 성경을 읽거나 토굴 같은 개인기도실에 들어가 묵상과 기도를 했다.

기도가 잘 되는 때도 있었지만, 대개는 온갖 잡념에만 시달렸다. 기도하러 온 것이 아니라 수배를 피해 도망 와 있는 기분이었다. 그렇게 지내고 있는데 아내에게 전화가 왔다. 아이들과 함께 하루 금식기도를 하고 있다는 것이다. 나 때문에 아무것도 모르는 아이들이 밥을 굶어 가며 기도하고 있었다.

어느 날 성경을 읽다가 잠언 3장 5절에 이르렀다.

"너는 마음을 다하여 여호와를 신뢰하고 네 명철을 의지하지 말라. 너는 범사에 그를 인정하라. 그리하면 네 길을 지도하시리라. 스스로 지혜롭게 여기지 말지어다. 여호와를 경외하며 악을 떠날지어다."

명철. 이 단어가 비수처럼 가슴에 꽂혔다.

똑똑한 척하지 말라는 이야기다. 자기 머리와 능력을 자랑하며 교만하지 말라는 이야기다.

'내가 바로 그랬었다……'

뒤통수를 후려 맞은 듯했다.

올림픽 행사를 성공리에 마쳤을 때 나는 세상의 어떤 행사도 다 감당할 수 있을 것 같았다. 내 창의적인 기획력, 판단력, 추진력에 스스로 한껏 대견스러워했다. 케니 로저스로부터 먼저 섭외를 받았을 때는 세상이 다 내 손안에 있는 것 같았다.

'그래 형주야, 네 잘난 명철의 역사가 얼마나 되었냐?'

나는 나 자신에게 물었다.

시엠송에 성공하고 큰 행사 몇 번 치르면서 나는 더없이 교만해져 있었다. 나 스스로 그 점을 알았다. 어려서부터 예의 바르고 교양 있게 행동하라고 배워 온 터라 사람들을 함부로 대하는 일은 없었어도 마음속에 늘 내가 최고라는 자만심이 부풀어 있었다.

신앙생활은 어땠던가. 마음만은 고난주간을 지키겠노라 다짐해 놓고, 고난주간이 끝나는 밤에 호텔 디너쇼에 사람들을 불러다 놓고 먹고 마시게 하며 즐겼다. 고난주간이라는 것은 머리에 떠올리지도 않았다. 그전부터 행사 준비로 주일예배를 거르면서도 '에이, 하나님이 이해해 주시겠지' 하고 나 편한 대로 생각했다.

나는 통곡하며 회개하기 시작했다. 매를 들어 치신다는 말이, 일부러 시련을 주신다는 말이 무엇인지 가슴 깊이 깨달았다.

그해 겨울이다. 아직 아무것도 해결되지 않았는데 중국 선교를 나갈 일이 생겼다. 1년 전부터 계획한 일이었다. 중국과 아직 수교가 안 돼 있던 때라 직통으로 가는 항공 노선도 없고 비자 받는 것조차 어려울 때였다. 그런데 어렵게 길이 열려서 선교를 나갈 수 있게 되었다.

하지만 내 마음과 처지가 외국에 선교를 하러 갈 상태가 아니었다. 내 마음이 바닥인데 누구에게 선교를 할 것인가. 성경 말씀과 기도를 통해 나의 잘못이 무엇인지는 깨달았지만, 앞으로 어떻게 해야 할지는 여전히 대책이 없었다.

선교를 나가야 하나 어째야 하나. 여러 날 고민했다. 그러다가 "네 명철을 의지하지 말라"는 성경 구절이 새삼 떠올랐다.

'그래, 주님이 알아서 하실 것이다.'

어렵게 추진해 온 중국 선교를 포기할 수 없었다. 나는 목사님 두 분과 함께 중국에 전달할 찬송가 반주기기 20여 대를 갖고 중국으로 떠났다. 각자 신분을 숨기고 홍콩을 거쳐 북경, 심양, 상하이로 스며드는 스파이 같은 여행이었다.

중국으로 떠나기 전에 동서식품 김용언 사장님에게 편지를 썼다. 다섯 장의 편지를 만년필로 또박또박 써 내려갔다.

내가 어떻게 살아 왔는지부터 시작하여, 집이 압류된 상황과 현재 겪고 있는 일들, 그리고 앞으로 내 입장에서 할 수 있는 일들을 솔직하게 써 내려갔다. 마이크스탠드에 맥스웰 로고 표시를 하는 문제는 지키지 못했지만 케니 로저스의 시엠송은 꼭 방송될 것이라 말하며, 계약을 지키지 못한 것을 진심으로 사과하고 용서를 구했다.

편지를 보내고 보름 동안 중국 선교를 다녀왔다.

돌아왔더니 동서식품에서 걸었던 우리 집 가압류가 풀려 있었다. 동서식품 사장은 내 편지를 잘 읽었다면서 처음 약속했던 후원금도 그대로 보내 주겠다고 했다.

'오, 하나님!'

모든 걱정이 단숨에 해결되었다. 집도 살아났고, 1년 동안 나를 괴롭히던 빚들을 당당히 갚을 수 있게 되었다.

난리를 치며 빚 독촉하던 사람들에게 돈을 갚을 때는 정말 후련했다. 그러나 나를 믿고 묵묵히 기다려 준 사람들에게 돈을 갚을 때에 더 기뻤다. 그들과는 전보다 더욱 친해지고 더 믿는 관계가 되었다. 동서식품과도 더 가까워져 홍보용 카세트 만드는 일을 의뢰받기도 했다.

지옥 같던 세상이 은혜로운 세상으로 바뀌어 있었다. 사람은 얼마나 약하고 못났는가. 무슨 문제 하나만 생기면 세상에서 가장 불행한 사람이 된 양 스스로 마음의 문을 닫으면서 세상에 대한 원망만 쌓아 간다.

그런데 내가 모든 것을 내려놓고 인간의 지혜를 버리자 다른 지혜가 일을 시작했다.

그제야 어머니의 말씀이 가슴으로 들어왔다.

"돈 문제를 돈의 문제로 보지 마라. 돈 문제는 영혼의 문제다."

아버지와
아들

1994년 1월, 아들 희원이를 데리고 김포공항에서 미국행 비행기에 올랐다. 미국의 밥 존스 아카데미(Bob Jones Academy)라는 중학교에 입학시키러 가는 길이었다. 그동안 가족과 함께 해외여행을 몇 차례 했지만 아들과 단둘이 외국행 비행기에 오르는 것은 처음이었다.

　　비행기 좌석에 앉을 때부터 마음이 복잡했다. 중학교 1학년, 이제 갓 열네 살인 아이를 외국의 낯선 곳에 맡기러 가는 길이다. 아침마다 엄마가 한참 깨워야 일어나고, 매일 입고 다니는 옷도 꼭 챙겨 주어야 하던 아이다. 아이가 과연 잘 감당할지 마음이 놓이지 않았다.

　　"당신 혼자 갔다 와요. 뭘 하러 나까지. 선명이 입시 준비도 있고……."

　　출국 날짜가 정해졌을 때 아내는 나 혼자 다녀오라고 했다. 집에서 작별하는 게 차라리 낫지, 그 먼 곳에 어린 아들을 혼자 두고 도저히 돌아서지 못할 것 같다고 했다.

그때는 여자라 마음이 여리다고만 생각했는데, 비행기에 앉고 나니 아내가 지혜로웠다는 생각이 들었다. 이제 여행의 시작일 뿐인데 남자인 나도 마음이 벌써 착잡했다. 나쁜 일도 아니고 남들이 부러워할 유학길인데도 우리 부부가 공연한 짓을 하는 건 아닌가 하는 생각이 자꾸 들었다.

그런 내 마음을 알기라도 하는지 희원이는 오히려 쾌활한 모습을 보였다. 집에서 엄마와 작별할 때도 씩씩하게 인사하고, 비행기에 앉아서도 앞으로의 유학생활에 대한 기대를 여러 번이나 들뜬 목소리로 말했다.

'하기야 자기가 먼저 가고 싶다고 한 유학이니까⋯⋯.'

나는 감정 드러나지 않게 아들놈을 슬쩍 쳐다보면서 착잡한 마음을 추슬렀다.

희원이가 유학을 보내 달라고 처음 얘기한 건 초등학교 4학년 때였다. 희원이는 여름방학에 미국에 연수도 가고, 여행으로 가족과 함께 몇 군데를 돌아다니기도 했다. 그때 제 나름대로 미국의 교육 환경이나 자유로운 문화가 마음에 와 닿았는지 그 어린 나이에 자기가 먼저 유학 이야기를 꺼냈다.

아이가 몇 번이나 부탁했지만 나는 매번 이르다고 했다. 그저 미국의 좋은 모습만 보며 환상에 사로잡혀 하는 소리로만 여겼다. 유학을 간다 해도 고등학교 갈 때쯤이나 생각해 보자고 했다. 그러면서도 나대로 한번 알아보기는 했는데 대학은 몰라도 중고등학교는 어디가 좋은지 알 수 없었다.

그러다가 어느 날 이 문제를 어찌 할지 극동방송국 사장 김장환 목사님에게 여쭤 보았다. 나는 당시 극동방송에서 '윤형주와 함께'라는 선교방송을 몇 년째 하고 있었다. 김장환 목사님은 자신의 모교인 밥 존스 아카데미를 추천했다.

밥 존스 아카데미는 미국 남부의 사우스캐롤라이나 주 그린빌에 있는데, 중학교, 고등학교, 대학교 교육 과정을 모두 갖추고 있는 기독교 계통 학교였다. 교육 분위기가 얼마나 엄격하고 율법적인지 아들의 기숙사 방에는 엄마가 들어갈 수 없고, 딸의 기숙사 방에는 아버지가 못 들어갈 정도라고 했다. 옷도 청바지 같은 것은 못 입고 여학생의 치마는 무릎 아래까지 내려와야 한다고 하셨다.

마음이 끌렸다. 지나치게 보수적인 곳이 아닌가 염려가 되면서도, 사실은 그 점이 마음에 들었다. 가장 중요한 아이의 안전 문제 때문이었다. 어린 아들을 외국 학교에 혼자 보내는데 너무 자유로운 분위기의 학교라면 부모의 걱정도 그만큼 많아질 수밖에 없다.

희원이가 중학교에 올라갔을 때 한번 슬쩍 물어 보았다.

"희원아, 너 예전에 미국에 유학 가고 싶다고 했지? 지금도 같은 마음이니?"

"네, 아빠. 꼭 가고 싶어요."

"그래? 그럼, 유학 가고 나서 나중에 '제가 어려서 판단이 부족했어요, 아빠. 유학 온 거 후회해요' 하지 않을 자신 있어?"

"네, 아빠. 아무리 힘들어도 절대 그런 말은 하지 않을 거예요."

희원이는 미리 준비라도 해 둔 듯 씩씩하게 대답했다. 그날 처음으로 '이놈이 제법 심지가 있구나' 하는 생각이 들었다.

"알았어. 그럼 이제부터 아빠가 네 유학 준비한다."

내 말에 희원이는 뛸 듯이 좋아했다.

그렇게 아들의 유학이 결정되었다. 리라초등학교를 졸업한 후 영동중학교를 1년 다니다 이제 미국의 밥 존스 아카데미에서 혼자 기숙사 생활을 하며 중학교 수업을 받게 되는 것이다. 시작은 중학생이지만 아마 고등학교와 대학교도 미국에서 다니게 될 것인데, 방학을 빼면 앞으로 성인이 될 때까지 1년에 몇 번 만나기도 힘들 것이다.

그동안 희원이와 대화를 많이 하지 못한 것이 아쉬웠다. 아이가 어려서이기도 했지만 나도 사회생활에 바빠 시간을 갖지 못했다. 아들과 단둘이 여행하는 이 시간만이라도, 아들이 어떤 생각들을 하는지 좀 들어 보고, 내가 아는 인생에 대해서도 말해 주고 싶었다.

그러나 한꺼번에 여러 이야기들을 꺼내기가 조심스러웠다. 말한다

한들 기억에 다 남지도 않을 것이며, 괜히 아버지의 조바심만 느끼게 만들어 아이의 마음을 무겁게 할 것 같았다. 나는 너무 진지하지 않게 보이려 조심하며 가볍게 툭툭 여러 이야기들을 꺼냈다. 희원이도 아빠와의 대화를 즐거워했다.

비행기는 우리를 뉴욕에 내려 주었다. 학교가 있는 사우스캐롤라이나 주에는 입학식 직전에 도착할 예정이었다. 언제 다시 해 볼지 모를 아들과의 여행이기에 한국에서부터 며칠 여유를 갖고 떠났다.

우리는 호텔을 잡아 놓고 며칠 동안 엠파이어스테이트 빌딩과 자유의 여신상, 유엔본부, 브로드웨이, 록펠러 센터 등 뉴욕에서 갈 만한 유명 장소들을 돌아다녔다. 식사는 아들이 먹고 싶어 하는 것에 맞췄다.

낮 동안 그렇게 돌아다니다가 밤에 호텔에 들어와 누우면 '또 하루가 지났구나' 하고 나도 모르게 날짜를 헤아렸다. 시간이 지날수록 아이를 혼자 이 먼 곳에 두고 떠나야 한다는 게 아득하고, 안쓰러웠다.

시내를 함께 걷고 있으면 자꾸 무엇이든 사 주고 싶었다. 전에는 아이들이 무엇을 갖고 싶다고 하면 "그걸 뭣 하러 또 사?" 하면서 건성으로 들었다. 그런데 내가 먼저 아이에게 필요할 듯한 옷이나 신발 같은 것들을 쳐다보게 되었다.

"있는데 그걸 뭐 하러 사요. 저는 됐어요, 아빠."

이번에는 희원이가 사양했다.

"그래도 여분이 있어야지. 한국에서처럼 마음대로 돌아다닐 수 있는 것도 아닌데."

"떨어지면 그때 사지요 뭐. 제가 갇혀 지내는 거 아니잖아요. 저는 괜찮으니까 아빠 필요하신 거 있으면 사세요."

아들이 쿨하게 대답했다. 한국에 있을 때와는 사뭇 다른 모습이었다. 아이가 약한 모습을 보이지 않는 게 기특하면서도 그런 점이 오히려 짠했다.

'나는 이 아이에게 어떤 아버지일까?'

혼자서 종종 그런 생각을 해 보게 되었다.

결혼하고 나서 나는 아버지학교 프로그램 같은 데도 나가며 나름대로 좋은 부모가 되기 위해 노력했다. 특히 첫 아이 선명이를 낳았을 때는 내가 아버지가 되었다는 게 가슴 저릿하게 느껴졌다. 나는 천사 같은 내 딸에게 꼭 좋은 아버지가 되겠노라 다짐했었다.

그것은 내가 내 아버지에 대해 가졌던 아쉬움에 대한 반작용이기도 했다. 아버지가 나를 사랑하셨다는 것은 믿어 의심치 않지만, 내가 어릴 때는 아버지의 사랑을 잘 느끼지 못했다. 다 크고 나서도 아버지와 속 깊은 대화를 나누어 본 적이 거의 없었다.

아버지는 정을 잘 표현하는 분이 아니었다. 나에게 무엇을 물어볼 때도 짧게 요점만 물었고, 내가 물어보는 것에 대답할 때도 하실 말씀만 간단히 했다.

"그렇게 생각하냐? 알았다. 그만 나가 보거라."

아버지는 자식에게 매사 엄격하고 반듯한 행실을 원하면서 사랑은 가슴으로만 묵묵히 하는 전통적인 아버지상이었다. 하지만 묵묵한 배려라는 게 어린 자식에게 다 전해질 수는 없다. 나에게 아버지는 조금의 빈틈도 없는, 그래서 한없이 어렵고 때론 무섭기도 한 분이었다.

그런데 가만 돌아보니 나 역시 아이들에게 아주 편안하고 자상하기만 한 아버지는 못 되었던 것 같았다. 마음은 굴뚝 같은데 일상에서 늘 그런 태도를 취한다는 건 쉽지 않았다.

미국의 낯선 도시를 아들과 함께 걸으며 나는 자주 그렇게 내 자신을 돌아보았다. 자식들에게 내가 어떤 아버지인지, 돌아가신 아버지에게 나는 어떤 자식이었는지, 일부러 생각하지 않아도 상념들이 불쑥 불쑥 머리를 스쳐갔다.

'그래, 내가 아버지라는 존재가 돼 있구나.'

첫 아이를 낳았을 때와는 또 다른 감회가 내 가슴을 뭉클하게 했다.

아마 자식을 집에서 떠나보내는 것이 처음이어서 그런 것 같았다. 이 아이를 군에 보낼 때는 또 어떤 마음일까 하는 생각도 들었다.

첫째 선명이와 둘째 선영이도 떠올랐다. 한국식으로 말하자면 딸들은 언젠가 자기 집을 떠나 남의 집으로 들어간다. 물론 요즘 시대에서는 딸이 결혼한다고 부모자식 간의 거리가 겉으로 크게 달라질 것은 없다. 그럼에도 불구하고 '시집간다' 는 것은 여전히 마찬가지이다. 남으로 살아 온 한 남자의 삶으로 들어가고, 시아버지 시어머니라는 또 다른 부모가 생긴다. 우리 집안에서 남의 집안으로 보내는 것이다. 장차 두 딸을 시집 보낼 생각을 하자 금세 눈시울이 뜨거워졌다.

아들과 나는 뉴욕을 떠나 애틀랜타에 도착했다. 거기에서 다시 비행기를 갈아타고 밥 존스 아카데미가 있는 그린빌로 갔다. 공항에 도착하니 학교에서 보낸 버스가 나와 있었다. 우리는 학교로 가서 입학에 관련된 절차를 마치고는 다시 시내로 나와 호텔을 잡았다.

입학이 되었으므로 희원이는 다음 날부터 수업을 받기 시작했지만 아직 기숙사 배정이 확정되지 않아 며칠은 호텔에 머물러야 했다. 학교에서 교장 선생님과 학급 선생님들을 만나고 교육 일정에 대해서도 자세히 듣고 나자 마음이 안심되었다. 하지만 이제야말로 정말 작별이었다.

아침에 아이를 학교에 데려다주고는 저녁에 데리고 나와 밥을 사 먹이고 호텔에서 재웠다. 아이가 밥을 먹는 걸 볼 때마다, 곤히 잠들어 있는 걸 볼 때마다 가슴이 아려왔다.

'이 어린놈을 정말 혼자 두고 가야 하나…….'

미국에 오지 전에 부랴부랴 외국인 학교에 편입시켜 두어 달 영어 수업을 받게 했다. 그 전에도 영어회화를 공부했다. 그런데 막상 미국에 와 보니 아이가 영어를 거의 구사하지 못했다. 그것이 또 걱정이었다. 그동안은 내가 데리고 다녔지만 말도 안 통하는 곳에 혼자 남겨 둘 생각을 하니 잠이 오지 않을 정도로 걱정되었다.

'수업 시간에 멍하니 앉아 있으면 어떡하지?'

'선생님이 질문하는데 못 알아들어 아이들의 웃음거리가 되면 어쩌지?'

'어디 아플 때도 표현도 못 하고 끙끙 앓기만 하는 거 아닌가?'

희원이 걱정을 할 때마다 아버지 생각이 났다. 아버지도 나에 대해서 이만큼 안타깝게 걱정하곤 하셨을까? 아버지의 성품으로 보면 당연히 그랬을 것 같았다. 그러나 모를 일이다. 그런 건 성품이 아니라 감정의 문제이기 때문이다. 아버지에게 자상함과 따뜻함을 느껴 본 적이 많지 않아 나에 대한 아버지의 감정은 알 수가 없다.

어쩌면 그것은 꼭 아버지가 근엄해서만이 아니라 내가 적극적으로 아버지에게 다가서지 못해서일 수도 있다. 내가 부모가 되고 보니 나도 모르게 아이들을 권위적으로 대할 때도 있었는데, 그럴 때에도 내심 아이들이 애교를 부리며 다가오기를 기다리는 마음이 있었다. 아이들이 어려워하기만 하면 부모도 그 이상은 다가서기 힘들다.

그렇게 보면 내 자신이 우선 아버지에게 따뜻하고 정감 있는 자식은 되지 못했다. 아버지 역시 나의 정을 기다리셨을지도 모른다.

갑자기 목이 메면서 아버지가 사무치게 보고 싶었다.

마침내 아들이 기숙사에 들어갔다. 밥 존스 아카데미 기숙사는 특이하게도 한 방에 중학생과 고등학생과 대학생이 각각 한 명씩 세 사람이 함께 지내게 돼 있었다. 학교 전체를 하나의 공동체로 보고 서로 형제애를 갖게 하면서 보살피게 하려는 의도 같았다.

기숙사 방에서 희원이는 가장 어린 학생으로 룸메이트인 형들의 보살핌을 받을 수 있는 것이었다. 그 점이 안심이 되면서도 행여 말을 잘 알아듣지 못해 형들에게 따돌림을 당하게 되지나 않을까 염려되었다.

이제 내일이면 한국으로 돌아가야 했다. 호텔에서 혼자 마지막 밤을 보내고 있는데 마침 창밖에는 비까지 추적추적 내렸다. 기숙사에서 낯선 형들 사이에 잠들어 있을 희원이가 생각났다.

또 아버지 생각이 났다. 아버지에게 반발하여 집을 뛰쳐나왔을 때, 내가 살던 집에 찾아와 혼자 30분이나 묵묵히 앉아 계시다 가셨다는 아버지.

아버지를 생각할 때면 어김없이 그때 일이 떠오른다. 그날 아버지가 어떤 마음으로 홀로 앉아 계셨을지 여러 번 생각해 보았었다. 짐작이 안 되었다. 나는 그만큼 아버지를 모르는 것이다.

희원이에게 편지를 쓰고 싶었다.

내가 아쉬워하는 아버지의 따뜻한 정, 내가 듣고 싶었던 아버지의 깊은 속마음. 내 자식들은 그런 미련을 갖게 하고 싶지 않았다. 지금 이렇게 간절히 보고 싶고 모든 것이 걱정되는 이 마음을 내 아들에게 고스란히 전하고 싶었다. 그리고 힘들 때마다 떠올릴 수 있는 격려의 말을 남겨 주고 싶었다.

나는 희원이에게 편지를 쓰기 시작했다.

아들 희원에게

네 모습을 뒤로하고 그곳을 벗어나 비 내리는 호텔 창밖을 바라보다가 이 글을 쓴다.

그린빌에 도착해서 밥 존스 아카데미로 오는 버스 안에서 네 눈에 비친 눈물방울을 바라보며, 문득 아빠의 지난날을 회상하게 되었다. 이 아빠에겐 미국에 와 공부할 수 있는 기회가 두 번 있었다. 고1 때 교환 학생으로 미국에서 1년간 공부할 수 있었던 기회와 의과대학 시절이었다. 그 기회는 무산되고 말았지만 너만 한 때에 미국 땅에 홀로 남게 되었다면 오늘밤 너처럼 눈물이 났을지 모르며, 또한 의과 공부를 위해 미국으로 갔다면 의학 박사가 되어 미국이나 혹은 국내 어떤 병원에서 근무하거나,

개인 병원을 경영하고 있겠지만 그러나 그런 일은 내게 일어나지 않았다.

그런데 이제 그 아빠의 아들이 미국에서 공부하게 되었다. 이것은 참 의미 있는 일이라 생각된다. 왜냐하면 아빠를 미국에 보내어 공부시키려 하셨던 너의 할아버지, 윤영춘 박사님은 일찍이 미국 교육의 중요성과 성실성을 아시고 늦은 나이에 미국으로 유학길을 떠나 프린스턴 대학에서 여러 해 공부하신 경험을 통해 그분의 아들이 그렇게 교육받기를 원하셨기 때문이다.

그런데 그분이 생전에 그리도 보고 싶어 했던 손자가 미국에 와 그분이 좋아했던 교육 분위기 속에서 교육받게 되었으니 이다음 천국에서 할아버지와 손자가 만났을 때 이 결정을 기뻐하시리라 믿기 때문이다(아마도 나를 빼놓고 할아버지는 너와 더 많은 얘기를 나누실지도 모를 일이다). 그러고 보면 희원이의 유학 결정은 우리 가정과 우리 가문을 향하신 하나님의 계획이라 생각되어 감사드리게 된다.

이제 너는 혼자 남게 되었다. 여기까지 동행한 아빠와도 헤어져 네 스스로 모든 일을 결정하고 행동해야 하는 시기를 맞이한 것이다. 어려운 일, 고통스러운 일, 때로는 그리움 때문에 힘들 수가 있을 것이다. 그러나 이 일은 그렇게 감상적일 수만은 없는 아주 중요한 희원이의 결정이자, 부모의 결정, 우리 가문의 결정, 그리고 하나님의 결정이라 생각한다.

오늘날 미국 사회는 여러 문제점을 안고 있지만, 그래도 나는 미국의 위대한 역사와 그들의 정신, 건강한 사고방식을 존중한다. 오늘 밤, 네 숙소에 도착했을 때 네 방의 룸메이트가 아니면서도 그 가방을 열심히 옮겨 주었던 아이들의 모습이며 친절히도 안내해 주었던 버스 안의 여러 학생들, 공항에서 만난 여대생 테라, 그들의 행동과 대화 속에서 미국의 건전한 모습을 얼핏얼핏 발견하게 되지 않던?

희원아!
미국의 역사가 그랬듯이 나는 네가
1. 개척자의 정신을 갖기 바라며
2. 미국의 조상들이 그랬듯이 신앙을 위해 영국 땅을 떠나온 믿음의 청교도가 되길 바란다.
3. 또한 우리의 가문이 그러하듯이 조국 대한민국의 선각자(미리 깨닫는 사람), 우리 민족의 지도자가 되는 길을 걷기를 바란다.

희원이가 미국에 와 공부하는 것만이 중요한 것 아니라 훌륭한 밥 존스의 신앙 교육 속에서 하나님의 사람으로 존귀함을 받게 해 달라는 것이 네 부모의 기도였음을 너는 기억할 것이다. 주

안에서 모든 것을 생각하고 결정하며, 행동해야 하는 때가 된 것이다.

얼마 안 되는 한국 학생들 사이에서 모든 편견과 고집을 버리고 잘 융화하도록 노력하여라. 거기에서도 어울리지 못한다는 것은 훗날 온 세계 어디에서도 어울릴 수 없음을 의미하기 때문이다. 세상에는 내가 좋아하는 사람들하고만 살 수 있도록 하나님이 허락하지 않으셨다. 그러나 잘 융화된다는 것이 나쁜 의도를 가진 친구들의 계획이나 옳지 않은 결정에 맹목적으로 휩쓸리는 것이 아니라는 것은 잘 알 것이다. 친구의 옳지 못한 제안이나 의혹엔 담대히 맞서거라. 네가 적응하기 힘든 부분들을 도와주었다고 해서 그의 요청을 받아들여야 한다고 생각하기 쉬우나 그에 대해 다른 방법으로 감사함을 표하되, 그로 인해서 함께 나쁜 계획에 어울려선 안 된다는 얘기다(그것은 참된 우정이 아니라 파멸을 향한 동참일 뿐이다).

또한 떠나 있음으로 해서, 가정의 소중함, 가족의 사랑을 더욱 절실히 느끼리라 생각한다. 네 엄마에 대한 생각을 찬찬히 헤아려 보아라.

내가 못마땅해 할 정도로 엄마는 네게 헌신적이었던 것에 비해 너는 엄마를 얼마나 사랑했는가 곰곰이 생각해 보길 바란다. 오늘 밤 서울대학교 입시를 막 끝낸 선명이와 선영이 누나에 대해서도 생각해 보기 바란다(우린 참 아름다운 가정의 구성원이다). 너는 늘 형이나 남동생이 있었으면 했던 것을 잘 알고 있다. 네가 그렇게 따르기 원했던 형들이 많이 생겼으니 그 형들과 남동생들 틈에서 한없이 형이라 부르며, 형 소리를 들으며 지내라. 이것도 감사한 일이다.

이 학교에서 엄격히 정해 놓은 규율을 철저히 지킬 것이며, 예수님이 싫어하시는 폭력은 끝까지 참아야 한다. 아빠의 경험에 의하면, 폭력이 일어나거나 일어날 수 있는 상황엔 아예 가지를 않는 것이 좋단다.

이성에 대한 관심은 나이가 들면서 하나님이 자연스럽게 갖도록 해 주실 것이다. 친구로서의 감정이나 생각에서 벗어나고 싶을 땐 늘 기도하여라. 무엇이 우선되어야 할 것인지 이제 잘 알게 될 것이며, 편지를 자주 쓴다거나 전화를 한다거나 하는 일로 첫 학기 네 정착에 차질이 없었으면 좋겠다.

영어는 듣고 읽고 쓰는 것도 중요하지만 이 미국 사회에선 말하는 것이 제일 중요하다. 말하기 위해서는 말하는 것을 방해하는 모든 감정, 즉 쑥스러움이나 편견, 무안함, 부끄러움, 수줍음의 벽을 모두 무너뜨려야 한다. 말은 1. 분명히 2. 상대가 알아듣게 그리고 3. 상대의 눈을 똑바로 쳐다보며 얘기하되, 4. 늘 자신감을 갖고 하여라.

희원이의 약한 부분이 바로 이 말에 대한 것이다. 아빠가 내성적인 성격으로 소년 시절을 다소 어둡게 보냈으나, 찬양으로 이런 감정의 벽을 넘어 오늘날에는 TV나 수만 명의 사람들 앞에서 자신감을 가지고 당당히 얘기하게 된 것처럼, 너도 찬양을 통하여 (노래든, 클라리넷 연주든) 용기를 얻게 되길 바란다.

어려서부터 이 아빠가 너에게 반복해서 한 말이 기억이 나니?

"윤희원은 아빠 얼굴이다……."

그렇다. 윤희원은 1. 아빠 윤형주의 얼굴일 뿐 아니라 2. 최근 불미스러운 일로 밥 존스에서 이미지가 실추되어 있는 한국인의 얼굴이며 3. 우리 가정의 얼굴, 그리고 4. 온누리 교회의 얼굴……, 마지막으로 5. 예수님의 얼굴이어야 한다.

나는 희원에게 비전을 가지고 있다. 10년쯤 뒤에 조국에 개선하는 윤희원의 영광된 모습이다. 오직 실력과 최고만을 추구했던 소문난 유학생과는 또 다른 윤희원의 모습……. 그러나 이것은 네가 부담을 느껴야 할 성격의 일이 아니라 너의 가장 강한 점을 신앙 가운데서 발견하여 너도 미처 몰랐던 길로 인도하시는 하나님의 승리를 뜻하는 일이 될 것이다. 내가 밥 존스를 떠나 애틀랜타로 향할 때쯤 너는 이 편지를 읽을 것이다. 하나 있는 아들을 어떻게 먼 미국 땅에 보내냐고 핀잔 겸 놀리던 사람들에게 할 말이 있다.

"내 아들 희원이는 이제 스스로 섰습니다. 여러분이 여러분의 아들 손을 잡고 있을 때 나는 내 아들의 손을 하나님께 넘겨 드렸습니다. 희원이는 지금부터 주님과 함께 걸어갈 것입니다."

네게는 기도하는 할머님들이 계신다. 특히 친할머니가 네게 주셨던 시편 121편과 여호수아 1장 5~6절 말씀을 다시 한 번 읽어 주마.

"너의 평생에 너를 능히 당할 자가 없으리니 내가 모세와 함께 있었던 것같이 너와 함께 있을 것임이라. 내가 너를 떠나지 아니하며 버리지 아니하리니 강하고 대담하라. 너는 내가 그들의 조상에게 맹세하여 그들에게 주리라 한 땅을 이 백성에게 차지하게 하리라."(여호수아 1 : 5~6)

더 이상 눈물을 흘리지 마라. 희원에게 주신 약속의 땅을 향해 들어가는 개선의 행군에서는 눈물이 아니라 기쁨의 찬송이 있는 것이다.

사랑한다, 희원아!

승리를 향한 경주를 시작하는 희원에게 박수를 보내며

Phoenix Inn 223호에서

1994년 1월 12일 새벽, 아빠가

다음 날 아침, 호텔에서 짐을 정리하고 희원이 학교로 갔다.

"제이슨 학생 면회 왔습니다."

제이슨은 내가 잘 아는 송용필 목사님이 지어 준 희원이의 미국 이름이었다. 영어 이름 중에 가장 착한 느낌의 이름이라고 했는데, 정작 희원이는 그 이름을 썩 좋아하지는 않았다.

희원이가 나왔다. 며칠 전과 달랐다. 환히 웃고 있었지만 감정을 숨기고 있는 것을 느낄 수 있었다.

"희원아, 아빠 다녀올게."

"네, 아빠……."

"가는 게 아니고 다녀오는 거야."

희원이는 억지로 울음을 참고 있었다.

"그리고 이건 아빠가 어젯밤에 쓴 편진데, 나중에 읽어 봐라."

"네."

내 편지를 받은 희원이가 품에서 봉투 하나를 꺼냈다.

"저도 편지 썼어요."

"그랬니? 공부보다 건강이 중요해. 밥 잘 먹고 잠 잘 자야 된다. 다녀오마."

더 말하고 싶었지만, 나는 휙 돌아섰다.

렌트해 온 차로 공항까지 가면서 몇 번이나 당장 아들의 편지를 읽고 싶었다. 비행기 안에서 천천히 읽자는 생각에 꾹 참았다. 그런데 공항에 도착하고 보니 비 때문에 비행기 출발이 늦어지고 있었다.
비가 내리는 공항 대합실에 우두커니 앉아 있다가 편지를 꺼냈다.

사랑하는 아빠께

예전부터 오고 싶었던 '유학'이 이루어져 저는 아주 기뻤습니다. 나중에 보여 드릴 일기장에 썼듯이 어쩌면 이 학교 오기 전까지 여행으로 생각했을 수도 있었습니다. 그런데 막상 학교 기숙사로 들어가 아빠와 떨어질 생각을 하니 자꾸 눈물이 났습니다. 솔직히 말해 그날 밤은 소리 없이 울었습니다. 그때, 저는 우리 가족의 소중함을 아주 절실히 알게 되었습니다.

누나가 부모님을 속상하게 만들 때, 전 아빠의 속상해하시는 표정을 보며 '부모님께 잘해야지!' 하면서도 내 욕심과 고집이 그것을 방해했었죠. 이젠 '왜 저러나?'라고도 했던 엄마와 누나가 보고 싶습니다. 떨어져 있으면 알게 된다던 말이 이제야 이해가 가더군요.

하지만 언제까지 이렇게 향수와 그리움만을 가지고 살 수 없다고 생각했습니다. 되도록 안 울기 위해 아빠 오늘 오지 말라고 하려 했지만, 보는 것이 더 낫겠다고 생각해서 그냥 말 안 하고 있었습니다.

　지금 시간이 없어서 할 말을 많이 줄였습니다. 나중에 더 자세히 편지하기로 하고 마무리 짓겠습니다. 저는 아빠 건강이 걱정되더군요. 저도 열심히 기도하겠지만 아빠도 몸 생각하시기 바랍니다. 그리고 우리 가족을 위해 기도하겠습니다.

1994년 1월 12일 아침 8시

아들 희원 올림

p.s. 엄마한테 사랑한다고 전해 주세요.(누나도!)

　편지를 접어 주머니에 넣는데 눈물이 줄줄 흘렀다. 나도 이런 편지를 아버지에게 쓸 수 있었다면 얼마나 좋았을까. 누가 못하게 한 것이 아니라 내가 그러지 못했다. 내가 정 없는 자식이었다.

　아버지!

　희원이 때문인지 아버지 때문인지, 눈물이 하염없이 흘러내렸다.

장 로 가

되 다

온누리교회에서 다음 해에 임명될 장로 후보로 내가 추천되었다는 이야기를 들었다. 나는 당황한 마음에 당회장인 하용조 목사님을 찾아갔다. 그리고 내 생각을 말씀드렸다.

"목사님, 제가 장로 하기에는 아직 부족합니다. 그리고 전도 집회에 다니면서 느낀 건데요, 장로보다는 집사가 전도하기에는 더 좋아요. '윤형주 집사 찬양간증' 이렇게 안내가 나가면 뭔가 정감이 있고 사람들도 마음을 더 여는데, 장로라고 하면 아무래도 교회로부터 특별한 직분을 맡은 사람이라는 이미지가 있잖아요. 그러면 자연스러운 전도에 오히려 보탬이 안 돼요. 아무튼 몇 년 뒤라면 몰라도 지금은 그냥 집사로 있고 싶으니까 장로 추천이 올라오면 저는 빼 주십시오."

하용조 목사님은 내 뜻을 이해한다면서 그러겠다고 했다.

그런데 일이 있어 한 달여 해외에 나갔다 들어왔더니 그사이에 장로 후보로 공식적인 발표가 나 있었다. 나는 하 목사님을 만나 어떻게 된 일인지 물어보았다.

"아, 그렇게 됐네요. 다 하나님이 하시는 일이니까 순종하고 받아들이세요."

목사님은 웃으며 태연하게 말했다.

'하나님이 하시는 일이라는데야……'

나는 그냥 돌아섰다.

큰 교회들이 대개 그렇지만 온누리교회에서 장로가 되려면 매우 까다로운 절차를 거쳐야 한다.

먼저 부목사와 기존 장로들이 신중하게 심사하여 교회의 안수집사들 중에서 몇 명을 장로 후보로 추천한다. 그때부터 일정한 기간 동안 장로가 되기 위한 갖가지 교육을 받는다. 그러고 나서 교단에서 실시하는 장로고시를 치르고, 거기에 합격하면 심사위원인 목사님들 앞에서 면접을 본다.

이 면접에 통과하면 장로가 되기 위한 교육 과정은 다 마친 것이지만, 마지막으로 전체 교인들의 승인 투표가 있다. 그 석 달 전쯤 후보자들의 얼굴과 이력이 실린 벽보가 교회에 걸리고, 후보자들은 주차 관리나 화장실 청소 등 다양한 봉사활동을 하며 신도들에게 얼굴을 알린다. 그런 뒤에 당회장이 후보자들을 정식으로 소개하면서 교인들의 가부를 물어 거기에 다른 의의가 없어야만 장로가 될 수 있다.

나는 1994년 말부터 1년 동안 이 과정을 밟았다. 나를 포함해 16명의 후보자들이 함께 모여 여러 권의 책을 읽고 돌아가면서 발표도 하고 리포트도 내고, 또 개인적으로는 교회 안의 갖가지 사역과 봉사활동도 했다. 1박 2일로 수련회를 가서 친교의 시간을 갖기도 했다.

그리고 나서 1995년 8월에 장로고시와 면접을 치렀다. 장로고시의 시험문제들은 신약, 구약, 교회 정치, 교리문답, 일반상식, 장로교 신조 등 폭넓은 분야에서 출제되었다.

장로고시를 보는 날 가벼운 에피소드가 있었다. 시험이 끝나면 한 시간 정도 채점을 해서 시험에 합격한 사람들만 면접을 보게 되는데, 나는 그날 중요한 방송녹화 하나가 시험 시간과 겹쳐 있었다. 시험을 보고 바로 방송국으로 가야 빠듯하게 시간을 맞출 수 있었다.

나는 시험을 보고 나서 나부터 먼저 면접을 볼 수 없겠느냐고 부탁을 했다. 목사님들이 이해해 주어 내 시험문제지만 먼저 채점을 했다. 다른 사람들과 함께 채점을 받으면 그렇게까지 긴장진 않았을 텐데, 목사님들이 둘러앉아 내 시험지 한 장만 채점하고 있는 걸 생각하니 혹시 불합격하는 건 아닐까 몹시 초조했다. 그러면 참 망신인 것이다. 다행히 합격이 되어 면접도 나 혼자 먼저 치르고 부리나케 방송국으로 달려갔다.

1995년 11월 19일, 마침내 장로 장립식을 갖게 되었다. 식은 오후 3시였는데, 나는 한 시간쯤 전에 미리 도착해 다른 신임 장로들과 함께 리허설을 가졌다.

장립식이 열릴 본당 앞에는 수백 개의 축하 화환들이 담장을 따라 길게 놓여 있었다. 본당 중앙에 '장로 장립 및 취임 예배'라는 현수막이 걸려 있고, 현수막 상단에는 이번에 장립되는 모든 장로의 이름이 적혀 있었다. 단석 좌우에도 사역장로와 사무장로로 나뉘어 각각 이름이 적힌 현수막이 걸려 있었다. 내 이름은 사역장로에 네 번째로 적혀 있었다.

우리는 리허설을 마친 뒤 강단과 성가대 사이에 마련된 우리 자리로 가서 나란히 회중석을 향해 앉았다. 모두 반듯한 양복 정장이었다. 신임 장로들 중에 '이장로'라는 이름을 가진 분이 있어, 나는 속으로 '이 분은 장로가 되어도 호칭이 바뀔 게 없겠구나' 하는 싱거운 생각을 하기도 했다.

장립예배는 모두 일어나서 사도신경을 고백하는 것으로 시작되었다. 성가대가 찬양을 하고 에베소서를 본문으로 하여 목사님의 말씀이 있었다. 말씀 후에는 협동 목사님이 나오셔서 이번에 임명되는 제7기 장로들이 그동안 어떤 교육 과정을 치르고 이 자리에 와 있는지 자세히 설명해 주었다.

설명을 들으며 지난 1년간의 장로 예비 과정을 떠올리자니 '그래,

오늘이 장립식이구나' 하고 새삼 실감되었다.

내가 오늘 장로가 되는 것이다.

우리 집안은 외국인 선교사가 우리나라에 기독교를 전파하기 시작한 초기에 기독교를 받아들였다. 그리고 증조할아버지가 첫 장로가 되었다. 그것이 할아버지와 아버지를 거치고 내가 또 이어서, 나는 이제 집안의 4대째 장로가 되는 것이었다.

'저도 여기까지는 왔습니다, 아버지!'

나는 마음속으로 아버지에게 말했다.

아버지는 내가 아주 어릴 때부터 집에서 매일 가족예배를 인도했다. 그 시간은 집안이 가장 조용하고 경건한 시간이었다. 단정히 둘러앉은 가족들 사이에서 아버지가 바스락 바스락 성경을 넘기던 소리가 지금도 내 귀에는 생생하다. 아버지는 장로라는 직분을 명예롭게 생각하셨고, 평생 곧고 바른 신앙생활을 하셨다.

내가 연예인 생활을 하느라 교회 다니는 것에 소홀할 때마다 아버지는 애를 태우셨다. 아버지는 내가 장남으로 집안의 본이 돼 주기를 바라셨다. 내가 장로가 된 것이 아버지에게 작게나마 효도가 된다면 좋겠다는 생각이 들었다.

문득, 아버지는 내가 장로의 대를 이어주기를 꼭 바라셨을까 궁금했다.

예배가 진행되는 동안 실내는 결혼식장처럼 좌우 통로에 사람들이 늘어서 있었다. 여기저기에서 아는 얼굴들이 눈에 띄었다. 연예인 선후배와 방송국, 레코드사 관계자들, 그리고 내가 관여하는 장애인 단체인 한빛 맹아학교와 백혈병, 소아암협회 등에서 특히 많은 사람들이 왔다.

나는 목사님의 등을 보며 회중석을 향해 앉아 있다 보니 예배에 잘 집중이 되지 않았다. 경건한 마음으로 앉아 있으면서도 중간에 잠깐씩 다른 생각에 빠지곤 했다. 보통의 예배보다 길게 두 시간 가까이 진행되었으므로 교인이 아닌 일반 하객들은 좀 지루하겠다는 생각도 들었다.

1부 예배가 끝난 다음에 장로의 임무에 대해서 개인서약을 하고, 목사님의 안수기도를 받았다. 안수를 마친 목사님이 "이로써 열여섯 분의 새 장로님들이 임직하셨음을 선포합니다" 하고 공식 선포를 했다. 이어서 특별히 초대된 다른 교회 목사님의 축사와 선배 장로님의 격려사가 있었고, 마지막 순서로 신임 장로 열여섯 명에게 일일이 장로패가 수여되었다.

행사가 끝나자 사진 촬영으로 떠들썩해졌다. 나는 이 사람 저 사람에게서 수없이 꽃다발을 받았다. 사방에서 축하의 말을 들었다. 나를 보러 온 하객들이 가장 많았지만 다른 장로님들도 축하인사 받기에 정신없었다. 학교의 졸업식장 같은 풍경이었다.

나를 축하해 주러 온 사람들마다 '윤 장로님!' 하고 불렀다. 사진 찍고 인사 나누고 하는 짧은 시간에 그 말을 수십 번이나 들었다. 친구들도 '어이, 윤 장로!' 했다. 장로 된 것 축하해 주러 온 사람들이니 당연했다.

그런데 어느 순간부터 기분이 야릇했다. 윤 장로. 이건 사람들이 우리 아버지를 가리키던 말이었다. 내가 어릴 때부터 주변 사람들이 아버지를 부르는 말로 가장 많이 들어 온 말이 '윤 장로님'이었다. 아버지 돌아가신 지 오래 되어 그것은 참 오래간만에 남에게 들어 보는 '윤 장로님'이었다.

아버지를 부르던 말로 나를 부른다는 것이 이상하게 가슴을 뭉클하게 했다. 나는 아버지의 아들이었다. 그 당연한 것이 새삼스럽게 확 와 닿았다. 생각하면 내 모든 것이 아버지로부터 왔고, 아버지가 안 계신 지금 내가 아버지의 모습으로 여기에 있는 것이었다.

사람들과 인사를 나누면서도 내 정신은 딴 데에 가 있었다. 무엇인가 내 가슴을 치고 지나갔다. 윤영춘이라는 이름으로 살다가 간 한 남자의 삶, 아버지 어깨에 실려 있던 장로 직분의 무게와 아버지가 혼자 치러야 했을 시간들이 가슴에 느껴지는 것이었다.

'아버지도 그럴 땐 참 외로우셨겠구나.'

'아버지도 자괴감을 느껴보셨겠구나.'

'그것을 다 당신 몫으로 안으셨구나.'

아버지의 인생이 느껴졌다. 전에는 아버지 인생을 생각해 본 적이 없었다. 아버지는 어릴 때에 꿈이 무엇이었는지, 어떤 삶을 살고 싶으셨는지, 또 그걸 얼마나 이루신 건지, 살면서 어떤 것들에 힘드셨는지, 알지 못했다. 생각해 본 적도 없다. 그런데 이날 천천히, 풍선이 하나둘 떠오르듯, 아버지의 인생이 다가왔다.

아버지는 긍지 있는 인생을 살다 가신 분이었다. 아버지는 한 집안의 가장이자 남편이자 아버지라는 세 입장 어디에도 소홀하지 않았다. 아버지는 소소한 일상에서도 지성인다운 정도를 지키셨고, 교육계나 학계에서는 늘 반듯하게 학자의 길을 걸으셨다.

아버지 인생에서 가장 힘든 짐이 나였다. 나에게 가장 많은 기대를 걸었고, 나에게 가장 많은 상처를 받으셨다. 아버지 인생에서 가장 화나고 초조하고 슬펐을 시간도 내가 만들어 드렸을 것이다. 아버지는 집안의 장자로 나를 얼마만큼이나 믿고 기대하셨을까?

내가 경기중학교에 떨어지고 대광중학교에 입학하자 어머니는 많이 실망하셨다. 나도 면목이 없어 한동안 집안 분위기가 가라앉았다. 시험을 치를 때 너무 긴장해 실수한 것이 속상했다. 삼각형의 면적을 산출하는데, 밑변 곱하기 높이 나누기 2인 것을 깜박하고 나누기 2를 하지 않았다. 그 문제만 틀리지 않았어도 붙을 수 있었다.

기가 죽어서 지내는데 아버지가 어느 날 작은 라일락 나무 한 그루를 사오셨다. 내가 중학생이 된 것을 기념하는 나무라고 했다. 나와 함께 커 갈 나무라고 하면서 아버지는 라일락을 마당 한쪽에 정성 들여 심었다. 아버지가 돌아가실 때까지 집을 두 번 이사했는데, 그때마다 아버지와 함께 라일락 나무를 캐다가 새 집에 옮겨 심었다.

매년 4월이면 그 라일락 나무에서 나는 꽃향기가 마당에 가득 퍼졌다. 거리에 라일락 나무가 많지 않을 때라 우리 집에서만 그 향기를 맡을 수 있었다. 나에게 라일락 향기는 집에서 만나는 봄의 첫 손님이었다.

의대에 다니던 어느 해 봄날 학교에서 돌아왔더니 집안까지 라일락 향기가 가득했다. 창밖으로 바람에 살랑거리는 보랏빛 꽃잎들이 보였다. 나는 창을 열어 놓고 라일락 향을 온몸으로 느끼면서 노랫말 하나를 단숨에 써 내려갔다. 그것이 내 노래 '우리들의 이야기'의 가사가 되었다.

> 웃음 짓는 커다란 두 눈동자 긴 머리에 말없는 웃음이
> 라일락꽃 향기 흩날리던 날 교정에서 우리는 만났소.
> 밤하늘에 별만큼이나 수많았던 우리의 이야기들
> 바람같이 간다고 해도 언제라도 난 안 잊을 테요.

아버지가 돌아가시던 날에도 집안에 라일락 향기가 진동했다. 아

버지가 심어 준 바로 그 라일락 나무 향기였다. 아버지는 병원에서 오래 투병생활을 하셨는데, 의사가 아버지 임종 준비를 하라고 하여 의식이 없는 상태이던 아버지의 산소호흡기를 떼고 집으로 모셨다. 4월 하순의 일이다. 당시 우리가 살던 집은 아버지가 학장으로 계시던 경희대학교 사택이었다. 그때 라일락은 사택 지붕보다 높이 무성하게 자라 집 앞 골목까지 온통 꽃향기를 날렸다.

하객들의 축하 세례가 끝나 좀 한가해지자 어머니가 나에게 다가왔다.

"윤 장로! 아버지가 기뻐하시겠다."

어머니가 두 손으로 내 손을 꼭 잡았다.

윤 장로. 어머니도 나를 그렇게 불렀다. 이번에도 기분이 이상했는데, 다른 사람들이 부를 때와는 느낌이 또 달랐다. "우리 윤 장로……" 하고 어머니가 또 무슨 말인가를 하셨다. 나도 모르게 울컥했다.

윤 장로. 어머니가 아버지를 직접 그렇게 부른 적은 없다. 그것은 다른 사람들이 어머니 앞에서 아버지를 부르던 말이었다. 그리고 이제 어머니는 아들을 '윤 장로'라고 부르고 있는 것이었다.

조금 전에 아버지의 인생을 처음 느꼈을 때처럼 어머니가 한 여자로 살아온 삶이 느껴졌다. 한 남자를 만나고, 아이들을 낳고 기르고 결혼 시키고, 남편을 먼저 떠나보내고, 이제 일흔이 넘어 아들을 그

옛날 남편을 부르던 그 호칭으로 부르는 어머니의 일생을 생각하자 목이 메었다.

젊은 부부가 갓난아기를 옆에 누이고 조용히 마주앉아 기도하는 어느 집안의 저녁 풍경이 떠올랐다. 마치 구약성경 어디쯤의 한 장면 같은 그 정갈하고 경건한 풍경을 나는 누구보다 잘 알고 있었다. 거기에 아버지와 어머니가 있었고, 내가 있었다. 그리고 하나둘 동생들이 태어났다.

아버지는 어머니와 더불어 당신 윤영춘의 집안을 만들었다. 선대로부터 받은 가문의 정신을 지키려 노력했고, 그만하면 자식들을 다 반듯하게 키워 냈다는 얘기를 들으셨다. 다만 예인 기질을 타고난 장남 때문에 말년에 마음고생을 많이 하셨다.

아버지는 나를 위태롭게 보았다. 성경의 돌아온 탕자 이야기를 아버지는 아마 깊은 한숨 속에서 여러 번이나 펼쳐 들었을 것이다.

"걱정 마세요, 아버지. 저 이렇게 잘 가고 있습니다. 윤 씨 집안 잘 이어지고 있습니다."

눈앞에 아버지가 계시면 큰 소리로 말하고 싶었다.

성경의 이름들이 떠올랐다. 아브라함과 이삭과 야곱과 다윗과……누구는 누구를 낳고 누구는 누구를 낳으며 이어지는 믿음의 계보가 오늘 나에게까지 이르러 있었다. 나는 황홀한 감정으로 그것을 느꼈다. 무슨 오래된 수수께끼가 풀리듯 저 낳고 낳고의 의미가 내 가슴에 분명하게 인식되었다.

그 순간 오늘 임명받은 장로라는 직분의 의미도 새롭게 새겨졌다. 오늘 내 장로 서약은 하나님 집안의 장자로서 책임을 다하여 헌신하겠다는 내 믿음의 언약이요 결의였다. 그리고 그것은 내 부모님이 일찍이 가르쳐 주신 대로만 살면 되는 것이었다.

이날 밤 서재에 혼자 앉아 하나님께 감사의 기도를 드렸다.

내가 얼마나 복된 가정에서 태어났는지, 얼마나 좋은 부모를 만났는지, 그리고 나에게 이만한 정도의 지혜나마 주시고 건강한 육체도 허락하신 것을 마음 깊이 감사드렸다. 내 작은 재능들이 하나님의 영광을 기리는 씨앗이 되게 해 달라고 간절히 기도드렸다.

가족
콘서트

2002년 봄, 미국에서 한 통의 편지가 날아왔다. 뉴욕의 카네기홀 공연심사위원회에서 보낸 심사 결과 통지문이었다.

"우리는 귀하가 신청한 공연에 대하여 충분한 시간을 갖고 신중하게 검토하였습니다. 윤형주 씨가 한국에서 통기타 음악을 중심으로 청년문화의 새로운 장을 연 주역 중의 한 사람이라는 것과 한국인들에게 매우 사랑받는 가수라는 것을 알고 있습니다. 때문에 귀하가 카네기홀에서 공연하고 싶다고 신청한 것을 기쁘게 생각합니다.

그러나 우리 심사위원회는 다음과 같은 몇 가지 점이 납득되지 않습니다……."

의례적인 인사 다음에 이어진 말들에 얼굴이 화끈거렸다. 문장은 여전히 정중했으나 그 내용은 날카로운 추궁에 가까웠다.

윤형주 당신만의 공연이라면 검토해 볼 만하다. 그러나 함께 무대
에 서겠다는 딸과 사위들은 아직 음악을 공부 중이거나 주목할 만한
무대 경력이 없다. 게다가 음악 활동 경력이 전무한 당신의 아내와 아
들을 무대에 세우겠다는 제안은 우리를 당황스럽게 만든다.

카네기홀의 공식적인 거절 통보였다.

"어떡할 거예요?"

함께 편지를 읽은 아내가 조심스럽게 내 반응을 살폈다. 이유 있는
지적이라고 인정하면서도 나는 기분이 상했다.

"이 친구들, 되게 까다롭게 구네! 그냥 빌려주면 되는데……."

"괜히 카네기홀이겠어요."

아내가 나를 위로하듯이 말했다.

작년 가을에 공연 신청을 한 후 무려 10개월 만에 온 답신이었다.
카네기홀에서 대관 심사를 매우 엄격하고 신중하게 한다는 것은 알고
있었다. 아내의 말처럼 괜히 카네기홀이 아니다. 세계적인 음악인들
도 영광스럽게 생각하는 무대 아닌가.

"포기할 거예요?"

아내가 웃으면서 물었다.

"아니. 다시 신청할 거야."

"당황스럽다는데?"

"더 당황하게 해 줘야지."

나는 편지를 가지고 내 방으로 들어갔다. 꼼꼼히 다시 한 번 편지를 읽어 보니 실망감보다 오기가 먼저 생겼다. 문장은 시종 정중했으나 한마디로 '여기는 가족잔치 하는 곳이 아니니 공연은 꿈도 꾸지 마라'는 차가운 거절이었다.

나는 반드시 카네기홀 무대에 서겠다고 다짐했다.

가족과 함께 카네기홀에서 공연을 하고 싶다는 생각을 처음 한 건 10년 전이었다. 집에서 기도를 하는 중에 문득 우리 가족이 카네기홀 무대에 서는 모습이 그려졌다. 그것을 예시라고까지 할 건 없으나 기도를 하다 보면 가끔 그렇게 어떤 그림이 떠오를 때가 있었다.

나는 기도를 마치고 아내에게 말했다.

"앞으로 딸들 시집 보내고 말야, 사위들까지 해서 우리 가족이 전부 카네기홀에서 공연을 해 보면 어떨까?"

"카네기홀이요? 미국 뉴욕의 카네기홀?"

아내는 처음에 어이없어했다. 당연한 반응이었다.

"되지 말라는 법 없잖아?"

"안 될 거야 없겠지만…… 그런데 음악하고 전혀 관련 없는 사위들이 들어오면요?"

그때는 아직 두 딸이 모두 미혼이었다. 큰딸 선명이는 서울예고, 서울대학교 음대를 거쳐 캐나다 맥길대학교, 보스턴 버클리 음대, NYU

음대에서 작곡을 전공했고, 작은딸도 오스트리아 모차르트 국립음악원에서 성악을 전공하고 있었다. 하지만 어떤 사위들을 맞게 될지는 모르는 일이었다.

"어차피 꿈이잖아. 사위 문제까지 포함해서 하나님께 맡기고 기도해 보는 거지 뭐."

"알았어요. 당신이 원하면 나도 기도할게요."

시작은 이렇게 구체적인 계획 없는 막연한 꿈이었다.

세월이 흘러 두 딸이 모두 각자의 짝을 만나게 되었다. 맏사위는 생리학을 전공한 한의사인데 작곡과 노래에 능했다. 기타와 키보드 연주 실력도 수준급이었다. 당시 교제 중에 있었던 둘째 예비사위는 한국예술종합학교 음악원 1회 졸업생으로 국제 콩쿠르에서 여러 번 입상을 한 성악가였다.

아들 희원이도 중학생 때부터 기타를 만지기 시작해서 어느덧 나 못지않은 실력이 되었다. 아내는 미술 전공이지만 벌써 오래전부터 성가대에서 소프라노로 활동해 왔다. 무대에 설 수 있는 최소한의 자격들은 갖춘 셈이었다.

나는 심사숙고해서 공연 목록을 준비한 뒤에 뉴욕에 사는 지인을 통해 카네기홀에 정식으로 대관 신청을 했다. 그것이 거절 통보를 받기 한 해 전인 2001년 가을이었다. 대관을 신청한 공연 장소는 카네기홀의 메인 무대인 아이작스턴홀로 2800명이 들어갈 수 있는 대극장이었다.

그동안 카네기홀에서 공연했다는 우리나라의 뮤지션들도 메인 홀에서 공연한 경우는 별로 없었다. 아이작스턴홀에 선 패티김이나 조용필의 경우도 언론사가 주관하는 행사였지 내 경우처럼 개인 자격으로 신청한 건 아니었다. 그러니 우리 가족의 공연 신청은 사실 관례대로라면 처음부터 무리한 일이기는 했다.

나는 카네기홀 공연을 재신청하기 위하여 우리의 공연 프로그램을 세부적으로 다시 마련했다. 그리고 신청서 말미에 우리 공연이 왜 카네기홀에서 할 만한 가치가 있는가에 대하여 개인적인 의견을 덧붙였다.

나는 이미 검증된 내 히트곡들과 함께 팝송도 부를 것이고, 딸들은 재즈 독주와 피아노 연탄곡 연주를 하고 오페라 아리아도 부를 것이다. 이어서 나와 아내가 영화 주제곡을 부르고, 딸 부부가 자작곡을 연주한다. 장인과 사위가 한국 가곡을 부르고, 아들을 포함한 남자들 넷이 아카펠라로 노래한다. 마지막엔 가족 전체가 찬송가를 부르고, 한국의 대표 시인 윤동주의 시도 낭송한다.

이렇게 우리 프로그램을 상세히 소개하고는 "한 가족이 이렇듯 다양한 결합에 의해 다양한 장르의 음악을 소화한다는 것은 특별한 일이 아니겠는가. 카네기홀 100년의 역사와 명예에 손색이 없는 이색적이고 훌륭한 공연이 될 것이며, 미국에 와서 살고 있는 한인 가정들,

이민 생활에 힘들어하는 가장들, 내 노래로 위로받기 원하는 우리 세대들에게 추억과 낭만을 선사해 줄 수 있는 의미 있는 공연이 되도록 준비하겠다"고 덧붙였다.

재신청서를 보낸 지 석 달쯤 지나 카네기홀에서 다시 편지가 왔다.

"설레는 마음으로 귀하 가족의 아름다운 공연을 기다리겠습니다."

카네기홀 대관이 승인된 것이다. 공연 신청을 한 지 1년 반, 가족공연을 처음 구상한 지 10년 만의 일이었다.

"아, 됐구나!"

그 순간 너무 감격스러워 야호, 하고 소리라도 지르고 싶은 기분이었다.

막상 신청이 받아들여지니 앞으로 준비해야 할 많은 일들이 눈앞에 떠오르며 마음이 조급해졌다.

카네기홀 메인 무대에 한 가족이 선다는 것은 전례가 없는 일인 만큼 가벼운 호기로 시작한 일은 아니었지만 새삼 막중한 책임감이 느껴졌다. 최소한 망신은 당하지 말아야 할 것이고, 가능한 한 최고의 무대를 만들어 우리 가족과 국내 음악인들의 명예는 물론 미국에 거주하는 한인들의 자긍심을 북돋워주고 싶었다.

나는 승인 답신을 받은 날부터 바로 공연 준비에 들어갔다.

예정된 공연 날까지는 1년 정도의 시간이 있었다. 공연을 위해 가장 중요한 건 연습인데 가족이 전부 모이는 것부터 쉽지 않았다. 우리 부부는 한국에 있고 아들은 군 복무 중으로 전역을 앞두고 있었고 그리고 두 딸은 캐나다와 이태리 밀라노에 각각 흩어져 있었다. 일단 솔로로 하는 곡들만 각자 있는 곳에서 연습하도록 했다.

오케스트라를 구성하는 일에도 신경을 많이 썼다. 우리 가족공연의 취지를 가장 잘 알고 있는 최고의 전문가들 도움으로 지휘자를 섭외하고, 여러 네트워크를 통해 맨해튼 음대, 줄리아드 음대, 메네스 음대 학생들 및 여러 학교에서 오케스트라 멤버를 모집했다.

학생들 중에는 교포도 있고 외국 학생들도 있었는데, 공연이 있는 7월은 방학이라 각자 자기 고국으로 돌아가야 하는 게 문제였다. 그러나 많은 학생들이 이 공연에 꼭 참석하고 싶은 마음에 귀국을 미루기로 했다. 그렇게 해서 우리나라 학생들을 비롯해서 프랑스, 러시아, 대만, 필리핀, 일본 등 각국의 학생들로 구성된 60여 명의 오케스트라 단원이 꾸려졌다.

아이작스턴홀의 2800석을 채우는 일도 만만치 않은 과제였다. 각종 매체에 인터뷰하고 TV에 출연하는 것은 물론이거니와, 미국 곳곳의 한인회와 교포신문, 한인교회에 안내문을 보내는 것을 시작으로 미국 인맥을 최대한 활용하여 공연 홍보를 해 나갔다.

카네기홀은 매달 『플레이 빌(Play Bill)』 매거진을 발행하는데 2003년 6월호에 우리 가족공연 프로그램이 실렸다. 카네기홀 건물 외벽에도 가족공연 홍보를 위한 대형 포스터가 걸렸다. 이는 메인홀 공연자들만을 위한 특별 배려였다.

우리 공연이 차츰 알려지면서 교포 사회가 들뜨기 시작했다. 미주 최대의 한인 동양식품 회사인 서울식품, 창고형 대형마트인 한아름, 이랜드, 알로에마임, 우리카드 등 여러 기업에서 스폰서가 돼 주었다. 중앙일보도 후원자로 나서 우리 공연의 공식 주최자가 돼 주었다.

공연 두 달을 앞두고, 우리 가족은 미국에 집 한 채를 렌트하여 합숙훈련을 시작했다. 가족의 일곱 명의 기동력을 위한 미니밴 두 대와 세단 한 대를 렌트하고, 연습을 위한 피아노도 렌트했다.

공연 날이 임박해질수록 나는 정신이 없었다. 무대에 편하게 올라 노래만 하고 내려오는 출연 가수로서의 역할이 아닌, 공연을 준비하는 기획사의 업무도 총괄적으로 도맡아야 했기 때문이다. 가장 중요한 합동 연습을 비롯해 각종 조명과 음향시설 준비, 의상 준비, 티켓 판매 점검, 홍보물 인쇄, 계속되는 매체 인터뷰 등 몸이 두 개라도 모자랄 지경이었다.

일찍이 88올림픽 행사와 해외 뮤지션들의 내한공연 등 큰 행사를 치른 경험이 없었다면 엄두도 못 낼 일이었다. 다행히 어려운 중에서도 공연 준비는 순조롭게 진행되었다.

그런데 생각지도 않은 곳에서 뜻밖의 암초를 만났다.

공연 며칠 전이었다. 매일 밤 함께 드리고 있는 가족예배를 마치고 나서 내가 식구들에게 말했다.

"우리 가족이 이렇게 전부 모인 게 실로 얼마만이냐. 두 달씩이나 함께 먹고 자면서 종일 같이 있는 시간은 앞으로도 없을 것 같다. 거기다 우리는 평생에 한 번 있을까 말까 한 가족공연을 준비 중이다. 나는 이런 시간 자체가 주님께서 우리 가족에게 선물로 주신 은혜로운 시간이라고 생각한다. 그래서 말인데, 우리가 무대에 한마음으로 서기 위하여 혹시라도 그동안 서로 서운했던 게 있다면 이 자리에서 다 풀었으면 한다."

나는 우리 공연의 첫 번째 의미를 가족의 화합과 결속에 두고 있었다. 이 뜻 깊은 공연을 우리 가족이 진정으로 사랑하는 한마음이 되어 정말 영성적인 공연이 되게 하고 싶었다. 그래서 부모자식을 떠나 한 인간으로서 우리가 맺어 온 관계를 솔직하게 터놓고 얘기 나누기를 바랐다. 그것이 하나님을 섬기는 가정의 모습이라고 생각했다.

내 말에 아이들은 좀 어색해하며 머뭇거렸다. 나는 무슨 말이든 괜찮으니까 편하게 말해 보라고 아이들을 다독였다. 아이들이 하나둘 자기들의 속마음을 이야기했다.

처음에는 미소 지으며 들을 수 있었다.

"으응, 그랬구나. 그렇게 생각할 만하다. 그땐 내가 좀 무심했던 것 같구나."

나는 조리 있게 말하는 아이들을 기특해하며 잠잠하게 경청했다. 그런데 시간이 흐르자 대화 분위기가 점점 이상해졌다. 아이들이 이런 날을 기다렸다는 듯 오래 묵은 서운함과 불만들을 봇물처럼 쏟아내기 시작한 것이다. 말투는 따지기라도 하는 듯 날카로웠다.

"엄마, 나 중학교 입학식 날, 나한테 왜 그렇게 소리 질렀어요?"

"아빠, 주말 가족외식 나가다가 차 안에서 우리끼리 다투었을 때, 왜 그때 나만 야단쳤어요? 나 정말 얼마나 억울했는지 알아요?"

차츰 아이들끼리도 서로 추궁했다.

"언니가 은근히 나 무시했던 거 알아?"

"무슨 소리니, 너야말로……."

큰딸은 엄마 아빠가 둘째와 막내만 신경을 쓰는 것 같다고 하고, 둘째는 모든 일에서 늘 자기는 뒷전이었다 하고, 막내는 우리가 누나들만 신경 쓰고 자기에게는 소홀했다고 하고……. 그 밖에 아내와 나는 전혀 기억도 안 나는 이야기들이 마구 쏟아졌다. 마치 성토하는 자리 같았다. 여기저기에서 원망과 하소연이 튀어나왔다. 급기야 하나둘 훌쩍거리더니, 둘째 선영이는 설움에 복받쳐 큰 소리로 엉엉 울기까지 했다.

두 사위가 모두 놀랐다. 누구보다도 서로를 아끼는 단란하고 화목한 가정인 줄 알았는데 이게 뭔가, 하는 표정들이었다. 나는 당황했다. 등에서 식은땀이 났다. 내가 왜 이런 시간을 만들었나 싶은 후회

마저 들었다.

아이들이 말하는 것 중에는 부모 마음을 이해하지 못해서 나온 이야기도 많았다. 그런 거야 차분히 설명하면 되는 일이다. 그런데 어떤 이야기는 얼굴이 화끈거리게 부끄러웠다. 우리가 그런 부모밖에 안 됐나 하는 자괴감도 들면서 아이들에게 뭐라 할 말이 없었다.

그렇게 화합과 결속을 위해 마련한 자리가 오래 묵은 상처를 들춰내는 자리가 되고 말았다. 그리고 아내와 나는 그 자리에서 약자였다. 원래 '야자타임' 같은 시간을 가지면 나이 많은 쪽이 약자가 된다. 야자타임이 아니어도 자기 말하고 싶은 것 다 말하던 사람과 차마 대꾸하지 못해 꾹꾹 눌러 온 사람은 처지가 다른 법 아닌가.

그런데 나는 아버지 입장만이 아니라 이번 공연의 기획자요 리더라는 입장도 있었다. 아버지 입장뿐이라면, 어떤 이야기에 대해서는 엄히 꾸짖을 수도 있고, 아니면 당장은 원망을 그대로 받으면서 시간을 두고 차차 마음을 나누는 쪽으로 단계적인 방법을 세울 수도 있다.

그런데 지금은 가장 중요한 게 공연이었다. 이런 상태라면 조화로운 공연은커녕 자아가 날카롭게 부딪치는 엉망진창의 공연이 될 수도 있었다. 어떻게든 수습해야만 했다. 그런데 내 입장이 두 가지이다 보니 금방 대처가 되지 않았다. 현명한 처신이 떠오르지 않아 난감한 마음으로 앉아 있었다.

그때 아내가 아이들 앞에 무릎을 끓었다.

"애들아, 엄마가 잘못했다. 내가 너희들을 다시 키울 수만 있다면 절대 그런 실수들은 하지 않을 텐데, 정말 미안하다. 엄마를 용서해 다오."

아내가 무릎을 꿇자 나도 놀라고 아이들도 놀랐다. 사위들은 안절부절 어쩔 줄 몰라 했다.

아, 참으로 고맙고 지혜로운 아내였다. 아내의 대범한 사과로 분위기가 숙연해지면서 서로 용서하고 화해하는 쪽으로 바뀌어갔다. 나중에는 사위들까지 눈물을 흘렸고, 마지막에는 가족들 모두 서로를 부둥켜안고 이해하면서 자리를 마감할 수 있었다.

아이고, 하나님!

자리가 끝난 뒤 나는 하나님께 오랫동안 감사의 기도를 드렸다. 카네기홀의 가족공연을 처음 생각했던 10년 전이 떠올랐다. 나는 단순히 우리 가족의 아름다운 잔치로 그런 꿈을 가졌었는데, 생각해 보니 여기에도 하나님의 인도하심이 있었다는 생각이 들었다.

너무 늦어 버리기 전에 나와 아내가 부모로서의 모자람을 돌아보게 하면서, 우리 가족이 진정으로 하나가 되게 주님이 예비해 두신 시간이었음을 깨달았다.

드디어 공연 날이 되었다. 카네기홀에 일찍 도착해 리허설까지 무사히 마쳤지만 초조했다. 공연도 공연이지만 관객이 얼마나 올지 걱정이었다.

나는 이 공연이 단지 우리 가족에게만 의미 있는 것이 아니라 고국을 떠나 해외에서 열심히 살고 있는 다른 가정들에도 꿈과 희망을 주는 공연이라고 믿고 있었다. 하지만 과연 다른 사람들도 그렇게 생각해 줄지, 얼마나 많은 사람들이 보러 와 줄지, 공연 시간이 다가올수록 입안이 바짝바짝 타들어갔다.

공연 시간은 저녁 8시였다. 그런데 두 시간이나 이른 6시에 버스 네 대가 도착했다. 200명 가까이 되는 사람들이 버스에서 우르르 내렸다. 워싱턴에서 세탁소를 운영하는 분들이라고 했다. 오후 1시에 세탁소 문을 내리고 버스를 렌트해 다섯 시간을 달려왔다고 했다.

저녁식사는 아마 버스 안에서 샌드위치 등으로 때웠을 것이다. 공연이 끝나면 자정이 가까운 11시에 다시 버스를 타고 돌아가 새벽에나 집에 들어갈 사람들이었다.

가슴이 뭉클했다. 그런데 이것은 시작이었다.

멀리 시카고에서, 댈러스에서, 시애틀에서, 캐나다의 토론토에서까지 직접 차를 몰고 교민들이 찾아와 주었다. 비행기를 타도 다섯 시간이나 걸리는 곳에서 가족이 함께 관람하러 오기도 했다. 애인에게 꼭 보여주고 싶다고 플로리다에서 스물두 시간이나 차를 몰고 달려온 청년도 있었다. 여러 가족이 봉고차 몇 대에 타고 달려오기도 했다.

미국이 얼마나 넓은가. 같은 미국 땅이라 해도 지역이 다르면 시차가 생길 만큼이나 먼 거리다. 미국에 이민자로 들어와 살며 모든 시간을 바쳐 일하는 사람들이다. 생업을 접고 그 먼 거리를 찾아온다는 것은 결코 쉬운 일이 아니었다.

관객이 아니라 하객이라는 생각이 들었다. 미국 곳곳에서 우리 가족의 공연을 축하해 주러 수많은 하객들이 몰려오고 있는 것이었다. 얼굴도 이름도 모르는 하객들, 홀에 들어서는 사람들 하나하나가 내 가슴을 저릿하게 했다.

공연이 시작되었다. 2800석의 대극장이 빈자리가 거의 없이 꽉 차 있었다. 먼저 몇 분이 축하 인사를 해 주었다. 참석할 예정이었다가 미처 오지 못한 지미 카터 전 미국 대통령은 육성으로 축하 메시지를 보내 주었다.

지미 카터는 해비타트(Habitat) 운동을 통해 친분이 있는 사이였다. 해비타트는 '행동하는 사랑(Love in Action)'이라는 슬로건 아래 무주택서민들에게 집을 지어 주는 국제적 시민운동 단체로 전 세계 87개 회원국을 두고 있었다. 우리의 공연 수익금도 전액을 한국의 해비타트인 '한국 사랑의 집짓기 운동본부'에 기부할 예정이었다. 지미 카터는 축하 메시지에서 "이 공연은 기적 같은 이벤트"라며 성원을 보내 주었다.

공연은 내가 통기타를 치며 예전의 히트곡들을 부르는 것으로 시작되었다. '비의 나그네' '조개껍질 묶어' '하얀 손수건' 그리고 팝송인 'I really don't want to know'는 내가 직접 피아노를 연주하며 불렀다. 이어서 큰딸 선명이가 무대에 올라 재즈 연주를 하고, 작은딸 선영이가 오페라 아리아를 불렀다.

공연 시작부터 다양한 장르의 크로스오버 무대가 펼쳐졌다. 60인조의 오케스트라와 훌륭한 편곡을 통해 구성된 공연에서 관객들은 한 무대가 끝날 때마다 열광적으로 반응했다. 우리들 역시 잔뜩 긴장한 가운데서도 한 곡 한 곡 선보일 때마다 무한히 설레는 마음으로 무대에 올랐다.

마지막 무대는 가족 전체의 찬송가 메들리였다. 나는 찬송을 부르기 전에 객석을 향해 말했다.

"하나님이 우리 가족의 꿈을 이루어 주셨습니다. 꿈이 없는 민족은 죽은 민족입니다. 꿈이 없는 가정은 죽은 가정이요, 꿈이 없는 자녀들은 죽은 자녀입니다. 하나님은 우리에게 꿈을 주십니다. 꿈을 이룰 수 있는 기회와 능력을 주십니다."

그러면서 객석에 앉아 있는 어머니를 보았다. 어두운 가운데에서도 나는 어머니의 눈가가 붉게 물드는 것을 보았다. 우리가 부를 찬송들— '동산에서' '내 평생에 가는 길' '살아계신 주'는 모두 어머니가 어릴 때부터 나에게 가르쳐 주고 불러 주었던 찬송이었다.

두 시간의 공연이 성공적으로 끝났다. 공연 내내 객석 여기저기에서 많은 관객들이 눈물을 흘렸다. 공연하는 우리 역시 수시로 눈시울이 뜨거워졌다.

공연히 끝난 뒤 우리는 카네기홀 앞에 서서 사람들을 배웅했다. 어떤 공연에서도 그래 본 적이 없다. 공연이 끝나면 몰려드는 팬들을 피해 뒷문으로 빠져나가곤 했었다. 그러나 이날은 마지막 차량 한 대가 떠날 때까지 모든 관객들과 악수하고 그분들에게 손을 흔들었다. 정말 고마웠다.

성황리에 이틀간의 공연을 끝내고 나자 카네기홀 측에서 나에게 말했다.

"미스터 윤, 정말 멋있었습니다. 앞으로 당신 가족은 언제든 다시 공연을 신청하더라도 환영합니다."

공연은 상업적인 행사가 아니었지만 수익 면에서도 예상을 뛰어넘는 성과를 올렸다. 이 수익금은 미리 약속한 대로 한국 해비타트에 기증했다.

그리고 큰 액수는 아니지만 가족 모두에게 출연료를 지급했다. 그러면서 아이들에게 이런 말을 했다. 공연을 처음 준비할 때부터 생각해 둔 말이었다.

"내가 너희들에게 앞으로 집과 돈은 물려주지 못하게 되더라도, 이것으로 작은 유산 하나는 남겼다고 생각한다. 너희들이 이 세상에 서지 못할 무대는 한 군데도 없다. 너희들은 카네기홀에서 데뷔한 아이들이다. 어느 무대든 서라. 2003년 카네기홀 아이작스턴홀 무대에 섰던 사람인데요,라고 말해라. 이게 아빠가 주는 선물이다."

이 공연으로 얻은 수익금은 태풍 루사로 집을 잃은 한 가정이 새 집을 짓는 데 보태도록 전달되었으며, 한국에 돌아온 우리 가족은 강원도 삼척 집 짓는 현장에서 망치를 들고 그 집에 살게 될 가족과 함께 집을 지었다.

나의 목소리는
주님의 쟁기

어머니를 부축하여 교회에 가던 날이 아련하게 떠오른다. 한국전쟁으로 부산에서 피난 생활하던 일곱 살 때의 일이다. 당시 어머니는 무슨 병 때문이었는지 10개월 정도 집에 누워만 계셨다. 나중에 듣기로 어머니의 장례식까지 준비했었다고 하니 매우 위중한 상태로 1년 가까이 투병 생활을 하신 것이다.

어머니가 병으로 오래 누워 있으니 집안 분위기는 늘 스산했다. 아침에 유치원에 가도 배웅해 주는 사람이 없고, 유치원에서 돌아오면 대문 들어설 때부터 적막했다. 어리광이나 밥투정 같은 건 생각도 못한 채 나는 잠든 어머니가 깰까 조심하면서 하루 종일 공연히 기죽어 지냈다.

어머니가 돌아가실지 모른다는 생각 같은 건 하지 않았다. 그랬다면 더 두려웠겠지만, 그런 슬픈 상상이 없어도 나는 충분히 외롭고 우울했다. 돌아보는 지금이야 10개월이었다고 그저 숫자로 말하지만, 당시에는 어머니가 영원히 누워 계실 것만 같았다. 어머니가 걸어다는 걸 본 게 언제인지 기억이 안 날 정도로 나는 파리한 낯빛으로 종일 누워만 있는 어머니 모습에 익숙해져 있었다.

그런데 어느 날 어머니가 병석에서 일어났다. 차츰 혼자 마당에 나가시기도 하고, 밥상 앞에 앉아 가족과 함께 식사도 할 수 있었다. 조금씩 옛날의 어머니로 돌아오셨다.

어느 날 나는 어머니를 모시고 교회로 갔다. 어머니는 아직도 몸이 성치 않아 유치원생인 내 몸에 의지하며 걸어가셨다.

교회에서 예배 중 목사님이 어머니에게 찬송을 청했다.

"김기순 집사님, 그동안 오래 투병 생활을 하셨는데, 힘드시겠지만 혹시 병상에서 늘 들으며 위로 받았던 찬송이 있으면 한번 불러 주십시오."

아프기 전에는 성가대에서 솔로로 찬양을 했던 분이므로 반가움과 격려 차원에서 노래를 청했던 것이다.

어머니는 조금 머뭇거리다가 주변의 박수를 받으며 앞으로 나갔다. 그때 어머니가 불렀던 찬송가를 잊지 못한다. '고통의 멍에 벗으려고'라는 제목의 찬송가다.

고통의 멍에 벗으려고 예수께로 나갑니다

자유와 기쁨 베푸시는 주께로 갑니다

병든 내 몸이 튼튼하고 빈궁한 삶이 부해지며

죄악을 벗어 버리려고 주께로 갑니다

그날 이후로 이 찬송가는 나에게 특별한 의미를 지니게 되었다. 언제 어느 장소에서든 그 찬송을 듣거나 부르면, 기적처럼 병상에서 일어난 어머니가 다소 힘들어하면서도 경건하게 노래하던 모습이 떠오른다. 나에게 그 찬송은 암울한 시간이 지나고 저 멀리 조금씩 서광이 비춰 오는 희망의 전조였다. 생명의 기운이자 마음 설레는 약동의 노래였다.

서른다섯 살이던 1982년에 처음 찬양 음반을 만들었다. 감옥에서 이사야서를 통해 '너는 내 것이라'라는 하나님의 말씀을 들었던 때부터 나는 내 목소리와 음악적 재능이 하나님의 것이라는 생각을 가슴 깊이 새겨 넣었다. 그것을 주신 이를 위해 써야 한다는 생각에 벌써부터 찬양 음반을 계획하고 있었다.

〈윤형주 성가 모음집〉이라는 타이틀로 찬양 음반 1집을 제작하면서 나는 어머니가 즐겨 부르던 찬송인 '동산에서'와 '고통의 멍에 벗으려고' 두 곡을 넣었다. 중학생 때부터 성가대 활동을 하며 교인들 앞에서 수없이 찬송을 부르기는 했으나 음반을 내는 건 처음이었다. 가수 윤형주가 비로소 하나님 사역에 목소리를 직접 바치는 일이었다.

그 어느 때보다 마음을 다해 총 12곡의 찬송을 불렀다. 그런데 '고통의 멍에 벗으려고' 이 찬송만은 이상하게 잘 불러지지가 않았다. 이 찬송에 대한 남다른 기억과 애정 때문에 스스로 기대치가 더 높아서 그랬는지도 모른다. 녹음 작업이 끝날 때까지 반복해서 여러 번이나 불렀는데도 만족스러운 노래가 나오지 않았다.

마지막으로 편집회의를 할 때 나는 사람들에게 이 찬송을 빼야겠다고 말했다. 내 스스로 마음에 들지 않는 노래를 실을 수는 없었다. 그러나 다른 사람들은 나쁘지 않다면서 그냥 넣자고 했다. 한 곡 때문에 계속 제작을 미룰 수는 없어 결국 넣기로 했다.

지금은 CD로 다시 제작했지만 당시에는 카세트에 녹음했는데, 앞뒷면에 각각 여섯 곡씩 담을 수 있었다. 뒷면의 맨 마지막에는 당시 규정에 의해 건전가요 하나를 꼭 넣어야 했다. 나는 '고통의 멍에 벗으려고' 찬송을 건전가요의 바로 앞에 넣었다. 자신이 없는 곡이라 가장 뒤쪽에 배치한 것이다.

그리고 4년 뒤인 1986년도의 일이다. 미국 LA의 한 교회에 찬양집회를 갔다가 어느 집사님의 차에 동승하게 되었다. 이 집사님이 나를 자꾸 쳐다보는데 연예인이라서 그런 것만이 아니라 무언가 할 말이 있는 듯한 표정이었다.

"저에게 뭐 하실 말씀 있으세요?"

내가 먼저 물어보았다. 그러자 기다렸다는 듯이 자기 이야기 좀 하고 싶다고 했다. 나를 꼭 한 번 보고 싶었다면서 그분이 들려준 이야기는 이랬다.

미국에 큰 꿈을 가지고 이민을 왔는데, 하는 사업마다 망하고 사기당하고 해서 재산을 다 날렸다고 한다. 그러다 보니 매일 부인과 다투게 되고 아이들도 잘못된 길로 빠져 가정이 붕괴될 지경에 이르렀다. 한국에 되돌아 갈 상황도 안 되었기에 막막하기만 했다. 그렇게 오랜 고민 끝에 죽기로 마음먹었다.

어떻게 죽을까 생각하다가 멕시코 사람에게 300불을 주고 권총을 한 자루 구했다. 그런데 막상 권총으로 자살하려 하자 죽은 모습이 너무 처참할 것 같았다. 그래서 교통사고로 방향을 바꿨다. 아무 도로나 달리다가 난간을 들이받고 추락하는 쪽으로 마음을 정한 것이다.

자살할 날짜를 정해 놓고 준비하고 있는데 한국에서 출장차 왔던 동창생이 들렀다 가며 카세트테이프 두 개를 놓고 갔다. 하나는 어느 목사님의 설교였고, 다른 하나가 내 성가모음집이었다.

며칠 후, 그는 자살을 하러 고속도로로 나갔다. 그러는 길에 무심결에 성가 테이프를 들었다. 앞면부터 한 곡 한 곡 찬송이 흘러나오다가 드디어 마지막 곡이 되었다. '고통의 멍에 벗으려고'의 4절 마지막 가사가 나왔다.

죽음의 길을 벗어나서 예수께로 나갑니다

영원한 집을 바라보고 주께로 갑니다

멸망의 포구 헤어나와 평화의 나라 다 다라서

영광의 주를 뵈오려고 주께로 갑니다

"그 찬송을 듣는 순간 망치로 두드려 맞는 것 같았어요. 차를 길가에 세우고 펑펑 울었어요. 내가 지금 죽으려고 하는데, 하나님이 나더러 이 길에서 벗어나 돌아오라고 하시는구나, 그런 생각이 들면서 얼마나 울었는지 몰라요. 윤 집사님, 이 곡이 없었으면 저는 죽었습니다. 그때 이 곡을 듣지 않았으면 저는 벌써 이 세상 사람이 아니에요."

이번에는 내가 망치로 두드려 맞은 기분이었다.

내가 불러 놓고도 나조차 잘 듣지 않았던 노래였다. 녹음이 마음에 들지 않아 테이프가 이 찬송에 이를 때면, 어차피 이 다음 곡은 건전가요라 들을 필요도 없고 해서 곧장 테이프를 꺼냈다. 그렇게 내 자신에게도 홀대받던 노래였다. 이 찬송 자체는 좋아하니까 교회에서는 자주 부르지만 내 성가집 테이프로는 들어본 적이 거의 없다.

그런데 한 사람이 이 곡을 통해 죽음의 길에서 벗어났다. 어머니를 살린 찬송이 어린 나에게 감명을 주었고, 그래서 내 첫 성가모음집에 실렸고, 그것이 미국까지 건너가 자살하려는 사람을 돌아서게 만들었다. 인연의 섭리가 놀라웠다.

그동안 하나님의 일을 대신한다는 마음으로 찬양 집회와 성가 모음집 제작을 해왔지만, 주님의 역사하심을 이처럼 생생하게 느낀 건 처음이었다. 윤형주의 배후에서, 윤형주를 통하여 하나님이 역사하고 있다는 사실이 새삼 가슴 깊이 느껴졌다.

아주 작은 행위 하나라도, 그것에 선한 마음과 의로운 정신이 담겨 있으면 하나님은 그것을 민들레 씨앗처럼 퍼뜨려 나는 알지도 못하는 어느 영혼에 가 닿게 한다. 하나님이 일을 하시는 방식은 실로 묘하고도 경이롭다.

비슷한 경험이 또 있다. 1982년. 하는 일들마다 잘 안 풀려 매우 지쳐 있을 때였다. 일정을 보니 인천 공설운동장에서 열리는 청소년 전도집회에 강사로 가게 돼 있었다. 누군가에게 말씀을 전하는 일은 내가 자청해서 하는 일들이지만 그때는 가고 싶지가 않았다. 내 몸과 마음의 상태가 남에게 무슨 강연을 하고 노래를 부르고 할 상태가 아니었다.

나는 집회 담당자에게 전화를 걸어 나를 순서에서 빼 달라고 요청했다. 다음 달부터는 매달 오라고 해도 갈 테니까 이번만은 빼 달라고 간청하듯이 부탁했다. 그런데 담당자는 나보다 더 간청하는 목소리로 말했다.

"윤 집사님, 인천 전 지역에 집사님 이름이 적힌 포스터가 붙어 있습니다. 한 명의 아이라도 바른 길로 전도하자는 마음으로 준비한 집회입니다. 대대적으로 홍보하면서 아이들을 모으고 있는데, 온다는 강사가 안 오면 어떻게 되겠습니까. 말씀 들어 보니 굉장히 힘드신 건 알겠는데, 오셔서 10분만 서 있다 가시더라도 꼭 와 주십시오. 집사님이 안 오시면 이 집회는 완전히 사기 행사가 돼 버립니다."

어쩔 수 없었다. 나는 도살장에 끌려가는 소가 된 기분으로 행사장으로 갔다. 다른 때 같으면 한 시간 가까이 이야기하는데 그날은 20여 분 만에 단상에서 내려왔다. 내가 무슨 말을 했는지도 모를 정도로 힘들게 서 있었다. 내 마음이 그런 상태이니 집회에 온 아이들에게 감동을 주고 싶다는 의지도 기대도 전혀 없었다. 그저 약속을 지킨 것만을 다행스럽게 생각했다.

그리고 6년쯤 지났다. 온누리교회에서 목회자와 사역자들을 위한 행사를 준비하느라 바삐 움직이고 있는데 한 청년이 다가와 인사를 했다.

"윤형주 집사님 맞으시죠. 꼭 뵙고 싶었습니다."

"아, 그래요. 어떤 일이시죠?"

"6년 전에 인천에서 청소년 전도집회에 오신 적이 있지요. 제가 그때 고등학생으로 그 집회에 갔었습니다. 교회에 별로 관심도 없을 땐데, 친구가 좋은 행사가 있다면서 같이 가자고 해서, 프로그램을 보니까 가수도 나오고 하기에 그냥 따라갔어요. 그런데 그날 선생님의

STORY 1 내 인생의 열 가지 풍경

말씀을 통해 예수를 믿게 되었어요. 그 뒤로 신학교까지 가게 되어서 지금은 전도사로 일하고 있습니다."

전도사 청년은 나를 만나게 되면 꼭 말하고 싶은 게 두 가지 있었다고 했다. 하나는 그날 내가 와서 하나님 말씀을 들려준 것에 대한 감사의 말이었다. 그리고 또 하나는, 그날 밤에 어떤 일이 있었는지 꼭 전해 주고 싶었다는 것이다. 내 강연이 아무 생각 없던 고등학생 하나를 어떻게 변화시켰는지 꼭 나에게 알려 주고 싶었다고 했다.

나는 LA에서 자살하려던 집사님을 만났을 때만큼이나 마음에 충격을 받았다. 오래 전에 감방에서 들었던 하나님의 목소리가 생각났다.

"너는 네가 할 수 있는 것들을 해라. 일은 내가 한다."

나를 창조하신 하나님이 나에 대한 계획을 세우실 때 목소리를 하나 주시기로 작정했다. 나는 그것을 막연한 믿음이 아니라 평생의 경험을 통해 생생하게 느껴 왔다. 내 목소리는 주님의 것이고, 주님이 일하시는 도구라는 것을.

요즘 재능기부라고 해서 각 분야의 전문가들이 자기 재능을 희사하는 행사들이 있다. 그런데 보면 가수들은 재능기부에 가장 관심이 없는 것 같다. 그것은 자기 목소리를 자기 것이라고 생각하기 때문이다. 꼭 신앙의 문제가 아니라 하더라도, 이 세상의 모든 재능은 자기 것만이 아니라 사회 전체의 것이라고 나는 생각한다. 남에게 없는 재능을 타고나면 그것을 감사하면서 자기가 속한 공동체에 기여하고자 하는 마음을 가져야 한다.

물론 나도 일반적인 행사에는 프로 직업인으로서 내 재능을 엄격하게 관리한다. 어떤 종류의 행사인지, 어떤 사람들이 오는지, 몇 시간 동안 있어 줘야 하는지 등을 꼼꼼하게 체크하고, 내가 받아야 할 만한 출연료를 당당하게 제시한다.

그러나 의로운 마음으로 벌이는 일들, 선한 목적을 가진 행사에 대해서는 직업적인 협상을 하지 않는다. 그런 자리에서 나는 가수니 연예인이니 하는 것은 한낱 외면의 모습일 뿐, 하늘로부터 받은 것을 이 세상에 풀어 놓는 중간자요 도구일 뿐이라 생각하기 때문이다.

열두 살짜리 여자아이가 죽어 갈 때 그 임종을 지켜보며 다섯 시간 동안 노래를 부른 적이 있다. 백혈병에 걸린 인천의 진정미라는 초등학생이었다. 평소에 매우 밝았던 아이인데 어느 날 병원에 입원했다는 소식을 들었고, 다시 얼마 후에는 위독하다는 전갈을 받았다. 그날 밤을 넘기기 힘들다고 했다.

병원의 중환자실로 찾아갔더니 아이가 퀭한 눈빛으로 말했다.

"죽는 게 무서워요."

나는 목이 메는 것을 참으며 아이에게 차분히 말했다.

"정미야, 죽는 게 무섭니? 난 아직 안 죽어 봐서 모르겠지만, 내가 알고 있기로는 죽는다는 건 예수님을 만나러 가는 길이야. 네가 잠깐 잠이 든 것처럼 눈을 감았다가 뜨면 예수님이 너를 안고 계실 거야. 두려워하지 마. 내가 찬송을 불러 줄게."

아이는 내 말에 편안히 눈을 감고 찬송을 기다렸다. 나는 찬송가 책을 옆에 갖다 놓고 아이가 숨지기까지 다섯 시간 동안 내내 찬송을 불렀다.

아이가 죽고 병원에서 돌아오는데 이런 생각이 들었다. 나중에 그 아이를 천국에서 만나면 나에게 "맨 마지막에 불러준 곡이 무엇이었지요?" 하고 물어볼 것 같다는 생각이었다. 청각이 가장 늦게까지 남아 있는 감각이므로 아이는 숨지기 직전까지 내 목소리를 들었을 것이다. 내 목소리, 내가 불러 주는 찬송가가 그 아이에게는 지상에서 듣는 마지막 소리였다.

하나님이 나 윤형주를 통해 기획한 일들이 있다고 믿는다. 그중 하나가 목소리다. 나는 주님의 의도에 따라 그 목소리를 실어 나르는 심부름꾼이다. 내 목소리를 주님의 쟁기라 생각한다. 그런 마음으로 6집에 이르기까지 성가 모음집 CD를 만들었고, 국내를 비롯해 해외 여러 나라들을 돌아다니며 찬양 집회를 열고 있다. 죽는 날까지 계속될 나의 의무요 사명이라고 생각한다.

윤형주는

가수다

내가 노래를 부르러 처음 섰던 무대는 KBS의 '누가 누가 잘하나'라는 어린이 노래자랑 프로그램이었다. 효창초등학교 2학년생일 때였다. 나는 피아노와 성악을 전공한 어머니의 영향으로 다섯 살 때부터 피아노를 쳤고 노래에도 웬만큼 자신이 있었다.

지금 생각해 보면 뜻밖의 일인데, 나에게 노래자랑 프로그램에 나가 보자고 권유한 것은 아버지였다. 당시만 해도 내가 워낙 숫기가 없었으므로 일부러 그런 경험을 하게 해 주고 싶으셨던 것 같다. 주변 사람들에게 아들의 노래 실력을 은근히 자랑하고 싶었을 수도 있다.

나는 예선을 가볍게 통과하고 본선 무대에 섰다. 내가 부른 곡은 '내 주먹'이라는 동요였다. 처음에는 잘 불렀는데 마지막 부분에서 그만 가사를 틀리고 말았다. 가사 마지막의 '단단하다 튼튼하다'를 '튼튼하다 단단하다'로 부른 것이다.

노래가 끝나자 심사위원인 한용희 선생이 실로폰으로 '딩동'까지 치더니 멈칫했다. 가사 틀린 것을 어떻게 처리할지 고민하는 것이었다. 순간 장내가 조용해졌고, 사회를 보던 강영숙 아나운서가 얼른 마이크를 잡더니 "우리 윤형주 어린이가 가사는 조금 바꿔 불렀지만 노래는 잘 불렀으니까 맞는 걸로 할까요?" 하고 말했다. "네!" 하는 대답을 유도하는 발언이었다.

나는 머릿속이 하얘졌다. 실수한 것도 창피하지만 아이들이 어떤 반응을 보일지 몰라 초조했다. 아이들의 대답이 나오기까지의 1초도 안 되는 시간이 그렇게 길 수가 없었다. 내심 아나운서의 말도 있고 하니 잘 넘어가겠지 기대하며 객석을 바라보았다. 하지만 아이들은 잔인했다. "안돼요, 안돼요" 하면서 거의 모든 아이들이 반대했다. 결국 심사위원은 딩동댕 대신 땡을 쳤다.

나는 충격을 받아 아무 생각도 나지 않았다. 무대에서 내려오는 계단 네 칸이 수십 미터 낭떠러지 같았다. 그렇게 많은 사람을 동시에 미워해 본 것은 그때가 처음이었다. 동행했던 아버지가 나를 위로하느라 물만두와 자장면을 사 주셨지만 맛을 느낄 수 없었다.

후유증은 오래갔다. 그 뒤로 사람들 앞에서 노래하는 게 무서웠다. 사람들 앞에 서는 것마저 떨렸다. 음악시간에 합창은 해도 결코 독창은 하지 않았다. 소풍 전날엔 잠을 이루지 못했다. 오락시간 때문이었다. 당시 즐겨 했던 게임이 수건돌리기 놀이인데 벌칙이 노래 부르기였다. 벌칙에 한 번 걸렸다가 끝까지 노래를 안 하고 버티느라 고생했다. 그런 뒤로는 소풍 갈 때마다 숲에 한 시간 넘게 숨어 있곤 했다.

남들 앞에 서는 건 무서웠지만 노래에 대한 관심은 줄지 않았다. 중고등학교 시절에는 팝송을 틀어 주는 라디오 프로그램은 안 들은 것이 없었다. 사촌 형이 팝송을 좋아해 LP가 많았다. 거기서 미국 포크 가수 해리 벨라폰테(Harry Belafonte), 보컬 그룹 플래터스(Platters) 등의 음반을 듣고 또 들었다.

유재석처럼 메뚜기를 닮아 '메뚜기 선생님'이란 별명을 가졌던 대광중학교 안영선 선생님도 다양한 음악을 가르쳐 주셨다. 그 덕에 슈베르트, 브람스 등의 클래식과 각 나라 민요는 물론 패티 페이지(Patty Page), 짐 리브스(Jim Reeves), 냇 킹 콜(Nat King Cole), 마티 로빈스(Marty Robbins), 팻 분(Pat Boone), 엘비스 프레슬리(Elvis Presley) 등의 노래를 열심히 들었다.

그 결과 당시 미국 빌보드차트를 거의 외우다시피 했다. 지금도 기억한다. 예컨대 1962년 6월 2일 빌보드 싱글 차트 1위는 레이 찰스(Ray Charles)의 'I can't stop loving you'다. 일부러 외운 게 아니라 절로 외워진 기록들이다. 고등학교를 졸업할 무렵엔 팝송 수십여 곡을 외워 부를 수 있었다.

그러나 중고등학교 시절에 음악에 대해 가장 많이 배운 것은 찬양 합창을 통해서였다. 미션 계통이었던 대광중학교에서는 매년 추수감사절마다 반 대항 찬양 합창 경연대회를 했다. 그리고 크리스마스이브 날에는 대광중학교 학생 전체가 서울역 광장에서 촛불예배를 드리며 찬양 합창을 했다. 2000여 명이 서울역 광장을 꽉 채우고 부르는 장대한 분위기의 합창이었다.

　이런 행사가 있을 때마다 학생들은 몇 달 전부터 열심히 연습했다. 섬세하게 화음을 넣으면서 완벽한 코러스가 이루어질 때까지 부르고 또 불렀다. 대광중학교 학생들은 저마다 자기 교회에서 뛰어난 성가대원들이었다.

　고등학생 때는 우리 가족이 모두 다니던 동신교회에서 성가대 활동을 하며 합창에 더 자신이 붙었다. 덩달아 무대에 대한 공포도 차츰 사라졌다. 당시 동신교회에는 음악을 배우기 좋은 쟁쟁한 분들이 많았다. 국립합창단 지휘자였던 오세종 교수, 정종민 목사 등이 있었고, 2년 선배인 조영남 형도 같은 성가대원이었다. 남자 고등학생들만으로 구성된 4중창팀이 여럿 있을 정도로 그때 우리들의 합창 실력은 수준급이어서 동신교회 성가대는 교회 대항 찬양대회에서 6년 연속 1등을 차지했다.

　나는 이런 합창 연습을 통해 어릴 때부터 자연스럽게 화성학을 익혔고 화음을 넣는 것에 익숙해졌다. 화음을 넣으면 곡이 더 풍요로워

지고 훨씬 감동적이 된다는 것을 어릴 때부터 알았다. 그렇게 늘 화음 속에서 생활한 덕에 나는 어느 노래든 즉석에서 화음을 넣을 수 있었고, 음악을 전문적으로 공부하지도 않았으면서 나중에는 작곡까지 할 수 있게 되었다.

성가대원 중에서도 조영남 형은 유별났다. 종종 솔로로 노래를 부르곤 했는데 그럴 때마다 나는 '세상에 저런 목소리가 있구나' 하며 감탄하곤 했다. 한 번은 고난주간 예배 시간에 조영남이 솔리스트로 나섰다. 어른 예배 시간에 고3 학생이 특송을 부르는 일은 흔치 않았다.

그날 조영남 형은 '예수 나를 위하여'를 불렀다. 600여 명이 모여 예배를 드리는 자리였다. 그런데 세 명 중 한 명꼴로 손수건을 꺼내 눈물을 닦기 시작하는 것이 아닌가. 고등학생의 찬송가가 200여 명을 울리는 것을 보며 나는 속으로 '나도 저렇게 사람들을 감동시키는 노래를 해 보았으면……' 했다.

기타에 대한 욕심도 그를 통해 얻었다. 조영남 형이 대학생이 된 뒤 고등부 성가대에서 다 같이 야유회를 간 적이 있다. 그때 그가 기타를 가져왔다. 기타 파는 집이 서울에 두 군데밖에 없던 시절이어서 기타를 가까이서 구경하는 것조차 처음이었다. 그때 기타를 둘러메고 부른 노래가 '목화밭(Cotton Fields)'이었는데 사람이 그렇게 멋있어 보일 수가 없었다.

내가 기타 좀 만져 보자고 부탁하자 조영남 형은 음이 변한다면서 주려고 하지 않았다. 내가 가만히 안고 있기만 하겠다고 약속하자 그 제야 기타를 건넸다.

"형처럼 기타를 치려면 어떻게 해야 돼?"

기타를 안고 내가 물어보자 형은 대뜸 말했다.

"야, 그런 거 물어보는 놈치고 제대로 기타 치는 놈 못 봤다."

나는 그날 대학에 들어가면 꼭 기타를 배우겠다고 다짐했다. 그리고 실제로 의대 합격자 발표가 나자마자 아버지에게 입학 선물로 기타를 사 달라고 했다. 그러나 아버지는 학업에 방해될 것을 우려해 내 부탁을 들어주지 않고 이렇게 한마디만 하셨다.

"우리 가문에 풍각쟁이는 없다."

어머니를 통해 조르고 조른 끝에야 비로소 통기타를 살 수 있었다.

기타를 산 그날 바로 종로 음악학원에 등록했다. 두 달 치 강습료를 선불로 내고는 하루라도 빨리 배우고 싶어 마음이 설렜는데, 정작 학원에서는 '애수의 소야곡' '울고 넘는 박달재' 같은 곡들만 가르쳤다. 나는 이틀 만에 학원을 그만두고 집에서 기타 교본으로 독학을 시작했다. 40년 넘게 이어질 내 가수 인생의 첫 발걸음이었다.

1966년, 대학에 들어간 첫해에 나는 의대 선배들 몇 명과 보컬그룹 '휘닉스'를 만들었다. 연세대학교 최초의 그룹사운드였다. 나는 이 그룹에서 베이스기타를 맡아 그해 TBC 대학생 재즈 페스티벌에도 나갔다.

그해에 이장희를 처음 만났다. 공교롭게도 이장희와의 첫 만남은 노래 대결이었다. 지금은 사라진 서울 미도파 백화점 5층에 미도파 살롱이란 공연장이 있었다. 낮에는 이봉조 악단, 이동기 악단, 봄비를 부른 박인수 등의 공연이 열렸고 밤에는 카바레로 운영됐는데 거기서 관객을 대상으로 노래 경연 대회가 열렸다.

친구들의 권유로 그 대회에 참가했던 나는 해리 벨라폰테(Harold George Belafomte Jr)의 'Jamaica Farewell'을 불러 2등을 했다. 그리고 이장희가 릭키 넬슨(Ricky Nelson)의 'Lonesome Town'이라는 노래를 불러 1등을 했다.

이장희의 첫인상은 특이했다. 미국 영화배우 어니스트 보그나인을 닮은 외모였고, 창법도 독특해서 노래를 부른다기보다는 읊조리는 것에 가까웠다. 매끄럽거나 세련된 맛이 없었다. 노래를 읊조리는 그의 목소리는 간혹 너무 나지막하게 가라앉아 노래가 끊기는 것 같기도 했다. 그런 노래는 처음이었다. 그 점이 매력적으로 느껴지긴 했으나 그에게 진 게 속상했다.

몇 달 뒤 친구의 소개로 그를 다시 만났다. 알고 보니 나와 같은 연세대 학생이고 나이도 같아 우리는 금방 친해졌다. 그리고 얼마 후 경영학과에 다니던 유종국을 알게 되어 셋이서 통기타 트리오 '라이너스 트리오'를 결성했다.

라이너스 트리오는 훗날 송창식, 이익균과 결성한 트리오 세시봉과 달랐다. 트리오 세시봉에서 셋이 화음을 맞췄다면, 라이너스에서는 이장희 목소리의 단점을 가리고 장점이 돋보이도록 나와 유종국이 뒷받침했다. 학교 바로 앞에 살던 유종국의 집에서 함께 연습했고, 대학 축제를 돌며 공연했다. 당시 불렀던 곡이 '킹스턴 트리오(Kingston Trio)'의 'Tom Dooley', '피터 폴 앤 매리(Peter, Paul & Mary)'의 '500miles', '시커즈(The Seekers)'의 'When The Stars Begin To Fall' 등이다.

공부를 해야겠다는 생각으로 1967년에 라이너스를 해체하며 잠시 이장희와 멀어졌다. 그러나 송창식을 만나며 나는 다시 음악의 길로 접어들었다.

송창식이 세시봉에서 어떻게 데뷔했는지는 유명하다. 그는 점퍼와 워커 차림에 낡은 통기타를 치며 오페라 아리아 '남몰래 흘리는 눈물(Una Furtiva Lagrima)'을 불러 냈다. 기대를 하지 않았던 만큼 모두가 깜짝 놀랐다. 다음에 뭘 불렀는지는 잘 알려지지 않았지만 준비한 노래를 마치고 그는 앙코르 송으로 한 곡을 더 불렀다. 노래를 부르기 전에 이렇게 운을 뗐다.

"십자군 전쟁 때 어느 병사의 이야기입니다."

주위가 숙연해졌다. 그가 노래를 부르기 시작했다. "어머니 나 울며 당신 곁을 떠났으나 나는 참 행복스러운 병정이오"로 시작하는 '어머니(Cara Mamma)'란 가곡이었다. 노래를 끝낸 뒤 그는 다시 마이크

를 잡았다. "아들의 편지를 받은 것은 아들을 기다리다 숨진 어머니가
아니라 그 옆을 지켰던 신부님이었습니다." 그러곤 다시 기타를 치며
"오 마리아, 오 마리아, 오 마리아, 아멘"이란 구절을 불렀다.

나중에야 알았다. 악보를 구해 봤더니 그 후렴이 없었다. 송창식에
게 물었더니 그는 "내가 덧붙인 거야"라고 태연스레 대답했다. 그때
깨달았다. 그는 노래를 회화나 이야기처럼 불러내는 능력이 있었다.

당시 세시봉 사장이 그에게 제안했다. 마음에 드는 사람 두 명을 모
아 트리오를 결성해 보라고. 해서 그가 눈여겨본 이가 나와 이익균이
다. 송창식의 트리오 제안을 받았을 때 처음에는 좀 망설여졌다. 그는
팝송을 전혀 알지 못해 하나씩 일일이 가르쳐 주어야 했다. 그러나
그를 놓치기엔 첫인상이 무척 강렬했다. 결국 우리 세 명이 '트윈 폴
리오'의 전신이랄 수 있는 '트리오 세시봉'을 만들었다.

'트윈 폴리오'의 전신 '트리오 세시봉'은 오래가지 못했다. 1967년
10월 초 결성했다가 다음 해 1월 말쯤 해체했다. 이익균이 갑작스레
군에 입대한다고 했다. 그사이 우리는 이상벽 MC가 진행하는 CBS라
디오 '명랑백일장'에 서너 번, TBC-TV '한밤의 멜로디'에 한 번 출연
했다.

그게 끝일 수 있었다. 해체와 함께 나와 송창식이 각자의 길을 걸
을 수도 있었다. 당시엔 직업 가수가 되겠다는 생각이 없었고 그저 노

래하는 게 즐거웠을 뿐이다. 그래서 트리오 세시봉이 해체된 것을 크게 아쉬워하지도 않았다.

그랬던 우리가 트윈 폴리오를 결성하게 된 데엔 '한밤의 멜로디' 연출을 맡았던 임성기 피디의 몫이 컸다. 트리오 세시봉이 처음 출연한 뒤 임 피디는 노래가 좋다며 고정 출연을 제안했다. 이익균이 군에 가기 때문에 힘들다고 하자 임 피디가 간단한 해결책을 내놓았다.

"그래? 그럼 둘이 해. 이름 새로 만들어 가지고 나와."

현재 서울 명동 중국대사관 옆에 잡지 골목이 있었다. 문화 예술 분야의 외국 잡지가 많았다. 『송 폴리오(Song Folio)』란 팝송 악보를 사러 자주 갔던 곳이다. 거기서 힌트를 얻었다. 송창식과 나는 '트윈 폴리오'라는 이름을 지어 '한밤의 멜로디'에 고정 출연하기 시작했다. 당시 우리 나이 스무 살이었다.

매주 출연해야 했던 만큼 매주 새로운 노래를 연습해 가야 했다. 송창식은 한 번 듣고 음을 따는 데 재능이 있었다. 그가 음을 익힐 동안 나는 가사를 한국말로 바꿨다. 당시만 해도 방송에서 팝송을 온전히 부를 수 없었다. 적어도 노래의 절반을 한국말로 불러야 했다.

연습하다 보면 자정을 넘기기 일쑤였다. 그러면 통행금지에 걸려 집에 갈 수 없었다. 밤 11시에 시작하는 '한밤의 멜로디'에 출연하는 날도 마찬가지로 집에 갈 수 없었다. 우리는 팔걸이 없는 의자를 길게 붙여 놓고 종일 먼지 쌓였을 그랜드 피아노 커버를 이불 삼아 같이 잠들었다. 외박하고 집에 들어가는 날엔 아버지가 "정신 빠진 녀석"이라며 크게 야단치셨다. 그래도 노래를 멈출 수 없었다.

우리는 다양한 곡들을 레퍼토리로 가져와 우리 식으로 재창조했다. 클리프 리차드(Cliff Richard)의 '행복한 아침(Early in the morning)', 비지스(Bee Gees)의 '내 고향 매사추세츠(Massachusetts)', 해리 벨라폰테(Harry Belafonte)의 '자메이카여 안녕(Jamaica Farewell)' 등 팝송은 물론 '퐁당퐁당' '따오기' '오빠 생각' '등대지기' 등 동요도 불렀다. 정훈희의 '안개', 최희준의 '빛과 그림자', 패티김의 '내 사랑아', 김상희의 '빨간 선인장', 김추자의 '나뭇잎이 떨어져서' 등 가요도 재해석해 불렀다.

트윈 폴리오는 차츰 인기를 얻어 갔다. 1968년 4월부터는 TBC 라디오 '브라보 선데이'에도 고정 출연하기 시작했다. 경기고 선배인 조용호 피디가 연출을 맡고 코미디언 곽규석, 구봉서 두 콤비가 MC를 맡은 프로그램이었다. 패티 김, 이미자, 남진, 현미, 최희준, 김상희, 이금희, 유주용, 블루벨스 등 기라성 같은 가수들과 함께 출연하곤 했다. 물론 그들에 비하면 우리 트윈 폴리오는 햇병아리였다.

'브라보 선데이'를 통해 우리의 첫 히트곡이 탄생했다. 어느 날 조피디가 우리를 음반 자료실로 데리고 갔다. 거기서 그리스 가수 나나무스쿠리(Nana Mouskouri)의 노래를 들려주며 우리가 부르면 좋을 것 같다고 했다. 송창식이 가사를 번안했던 그 곡이 '하얀 손수건'이다.

그 노래 발표 이후로 정신없이 시간이 지나갔다. 역시 조 피디의 권유로 카니 프란시스(Connie Francis)의 곡을 내가 번안해 '웨딩 케이크'를 발표했고 그해 여름 이 두 곡을 실은 앨범을 발매했다. LP 한 장에 펄 시스터즈 데뷔 앨범을 함께 실은 반쪽짜리 앨범이었지만 그래도 마냥 좋았다. 음반 가게 앞을 지나갈 때면 우리가 부른 노래가 흘러나오곤 했다. 신기하고 재미있는 경험이었다.

1968년, 트윈 폴리오 인기의 절정은 그해 겨울에 왔다. 12월 23일부터 이틀간 서울 남산 드라마센터에서 리사이틀을 열었다. 가을에 조영남 형이 포크 가수로는 처음으로 대규모 공연을 열었던 곳이다. 트윈 폴리오 리사이틀은 매회 전 석이 매진됐다. 그것도 모자라 100~200명이 더 몰려들어 계단에 앉아 우리 공연을 봤다. 이 공연으로 트윈 폴리오는 가요사 최초의 하이틴 스타로 확실히 자리매김했다.

1969년 12월 23일 서울 남산 드라마센터에서 트윈 폴리오 공연을 가졌다. 전해 트윈 폴리오 결성 후 첫 리사이틀 때와 마찬가지로 전 석 매진됐다. 나는 거기에서 전격적으로 은퇴를 선언했다. 트윈 폴리오를 만든 지 2년 만이었다. 트윈 폴리오로 활동하면서 대학 출석 일수가 모자랐고, 집에서도 학업에만 충실하라고 압박이 들어왔다.

내 은퇴 선언은 송창식도 그 자리에서 처음 듣는 이야기였다. 그에게 미리 말할 용기가 없었다. 많이 섭섭했을 것이다. 그제사 비로소

재정적으로 좀 여유를 가지게 된 그였다. 그 기반이 무너지고 홀로서 기를 시작해야 했으니, 섭섭하지 않을 리 없었다.

트윈 폴리오를 처음 시작할 때 우리는 자주 세시봉에서 같이 잤다. 나야 노래 연습하다가 막차를 놓쳐 자야 했지만 그에겐 선택의 여지가 없었다. 당시 송창식은 가난했고 갈 곳이 없었으되 자존심은 셌다. 집에 데려갔을 때도 내 어머니의 관심을 불편해 했다. 그는 이틀 만에 우리 집을 나와 세시봉으로 돌아갔다.

그런 그가 마침내 방 한 칸을 얻은 것이 1968년이다. 당시 같이 어울렸던 사람 중 대일학원 강사였던 김영남 형이 술을 마시다 송창식에게 물었다.

"원효호텔에서 잘래?"

송창식이 따라간 곳이 서울 원효로에 있던 김영남 형의 집 뒷방이다. 북향인 데다 방 밖을 벽이 가로막아 빛이 들지 않았다. 낮 한 시에도 어두컴컴했다. 새벽에 잠드는 송창식의 지금 수면 습관도 그때 비롯된 것으로 짐작한다.

세시봉에서 나와 여러 술집을 돌며 공연할 때 우리는 하루에 1000원을 벌었다. 그는 500원으로 밥을 먹어야 했고, 목욕을 해야 했고, 내의와 양말을 사야 했고, 이발도 해야 했다. 경제적으로 빡빡했다. 당연히 집을 새로 얻을 여유도 없었다.

1969년부터 트윈 폴리오는 서울 명동 맥주집 오비스 캐빈에서 공연하기 시작했다. 오비스 캐빈 무대의 첫 고정 출연자였다. 각자 한 달 20만 원을 받았다. 당시 대기업 신입 사원의 초봉이 14만 원이었으니 파격적인 대우였다. 그때 처음으로 송창식은 광화문 인근에 월세 집을 얻었다.

트윈 폴리오로 활동하는 2년간 지칠 때면 우리는 인천 무의도에 갔다. 무의도는 송창식의 안식처였다. 배를 타고 섬에 도착하면 송창식이 제일 먼저 데려갔던 곳이 이장님 집이었다. 이장님은 늘 사발에 소주를 담아 건넸다. 당시 한 주간지가 '술 잘 먹는 연예인 5인' 안에 나를 꼽았을 정도로 당시엔 술을 잘 마셨다. 그 술을 받아 마시곤 해변으로 나갔다. 함께 기타를 치고 노래 부르며 밤을 지새웠다. 파도가 몰려올 때마다 바다는 반짝반짝 빛이 났다. 은파(銀波)였다. 지금도 잊을 수 없는 풍경이다.

트윈 폴리오의 추억을 뒤로한 채 우리는 40년 넘게 각자의 길을 걸었다. 그래도 언제나 가까운 친구로 지냈다. 어찌 보면 신기한 일이다. 누군가 그랬다. 송창식도 대단하지만 송창식과 40년 넘게 친구 하는 당신이 더 대단하다고. 사실 우리는 많이 달랐다. 예컨대 음악의 지향성이 달랐다. 송창식이 음악적으로 수준을 높이기 위해 새로운 화음을 쓰자고 권유하면, 나는 사람들이 좋아하는 범주를 떠나지 말자고 반대하는 편이었다.

듀엣 자체도 의외의 조합이었다. 1969년 한국을 방문했던 일본의 유명한 음악 평론가가 이런 얘기를 한 적이 있다.

"트윈 폴리오는 참 불가사의한 팀이다. 전혀 성격이 다른 두 목소리가 어떻게 이런 화음을 만들어 내는가? 윤형주의 목소리는 부드럽다. 때로 소년 같거나 여성적이다. 가정적인 느낌이 있다. 반면 송창식의 목소리에선 물과 바람, 파도 소리가 들린다. 때로 흙냄새가 나고, 때론 바위를 때리는 것 같다."

나중에 그 평론가를 직접 만났을 때 그는 나에게 이런 부탁을 했다.

"당신들의 목소리는 참 드물고 귀한 목소리들이오. 부디 잘 보존하고 간직하시오."

트윈 폴리오를 해체하고 학교로 돌아왔지만 노래에 대한 미련이 있었다. 주변에서도 활동을 재개하라는 유혹이 끊이지 않았다. 그러던 차에 우연한 일을 계기로 내 가수 인생의 첫 자작곡을 만들게 된다.

여름에 친구들과 함께 대천해수욕장에 놀러가 여대생들 몇 명과 어울렸다. 한창 즐겁게 놀고 있는데 여학생 두 명이 돌아가야겠다고 했다. 친구들은 매우 아쉬워했다. 그때 내가 나섰다.

"이 만남을 기념하기 위해 우리들만의 노래를 만들게요. 그 노래가 마음에 들면 떠나지 마세요."

모두 동의했고, 나는 그 길로 방에 들어가 노래를 만들었다. 해변에서 벌어질 수 있는 소재들로 가사를 썼다. 밤은 깊어 가나 잠이 오지 않는 여름 밤, 밤새 모기가 물어도 그저 즐거운 모임, 김치만 있어도 맛있는 아침 식사…….

가사는 썼는데 오선지가 없었다. 친구들이 부랴부랴 빈 종이에 오선지를 그려줬다. 30분 만에 작곡과 작사를 끝냈다. 이제는 '조개껍질 묶어'란 제목으로 더 잘 알려진 곡, '라라라'였다. 기타를 치며 노래를 불러 주었더니 모두가 박수를 쳤다. 여학생들도 아주 좋다면서 약속대로 돌아가지 않았다.

이듬해에 이 노래를 발표했다. 김세환과 함께 만든 앨범 〈별밤에 부치는 노래 씨리즈 V. 3〉에 실렸다. 반응은 폭발적이었다. 이 곡은 그 뒤로도 해수욕장에서 가장 많이 불리는 여름 노래로 남았고 2005년엔 이시우 보령시장의 주도로 대천해수욕장에 '라라라' 노래비가 세워졌다.

이 음반의 성공과 얼마 후 맡게 된 '0시의 다이얼' 디제이 활동을 통해 나는 슬그머니 가요계로 컴백했다. 이제는 솔로 가수였다. 재미와 자신감이 붙은 작곡 활동도 계속되어, 나는 당시로서는 흔치 않은 싱어송라이터로 '두 개의 작은 별' '우리들의 이야기' '미운 사람' '어제 내린 비' 같은 노래들을 연이어 발표하며 그때마다 크게 히트를 시켰다.

그러다가 학업 문제로 다시 한 번 은퇴를 선언했고, 1979년에는 펄 시스터즈의 배인숙이 부른 나의 자작곡 '사랑스런 그대'라는 노래로 큰 호응을 받았다. 이듬해 1980년에는 '바보'를 발표하여 MBC '금주의 인기가요'에서 5주간 연속 1위를 차지했다. 그리고 MBC '한밤의 데이트', KBS '윤형주의 음악앨범', CBS '찬양의 꽃다발' 등의 라디오 프로그램을 잇달아 맡으면서 음악전문 디제이로서도 활동 영역을 넓혔다.

그 이후로 음악 활동을 완전히 끊은 적은 한 번도 없지만 현역으로서의 나의 전성기는 80년대 초반인 이 시기까지라고 할 수 있다. 통기타와 청바지와 생맥주로 상징되던 낭만적 청년문화도 서서히 다른 빛깔로 넘어가고 있었고, 내 나이도 어느덧 불혹에 가까웠다.

한 시대를 청년문화의 아이콘으로 살아온 것에 자부심을 가지면서 나는 스스로 내 인생의 터닝포인트를 준비했다. 연예인으로서의 활동은 디제이와 MC 등 방송인으로서의 영역에 한정시키고, 사업과 가정의 평화를 세우는 데에 주력했다. 그리고 무엇보다, 내 목소리를 하나님의 도구로 사용되게 하는 일에 마음을 쏟아 성가집 제작이나 찬양집회 등 다양한 선교 활동에 적극적으로 임했다.

'나는 가수다'라는 이름의 프로그램이 있다. 절묘한 타이틀이다. 만약 나의 인생을 이 타이틀처럼 주어와 동사만의 한 문장으로 표현한다면 나는 어떤 문장으로 내 인생을 말해야 할까. 어떤 이는 나를 사업가로, 어떤 이는 장로로, 어떤 이는 디제이나 방송인으로, 어떤 이는 누구의 아버지로 부른다.

윤형주는 가수다.

나는 결국 이 문장을 택할 수밖에 없다. 그것이 가장 많은 사람들이 나를 기억하는 이름이고, 나 또한 무대에서 갈채를 받으며 노래하던 일들을 내 인생의 가장 설레는 순간들로 기억한다.

그러고 보면, 아홉 살 아이를 '누가 누가 잘하나'라는 무대에 올렸던 아버지는, 당신이 평생 내 가수 활동을 탐탁지 않게 생각했음에도 어쩌면 아버지 자신도 모르게 하나님의 인도를 따라 나를 그곳으로 보냈는지 모른다는 생각이 든다.

STORY 02

세시봉에서 만난 사람들

치명적인 매력을 지닌
보 헤 미 안

이
장
희

이장희는 나와 연세대 동기동창이다. 그는 생물학과에 재학 중이었는데 아무래도 생물학과와는 맞지 않는 이미지였다. 후에 알았는데 그는 서울고등학교 재학 시절 공부에 소홀했다고 한다. 그런데 대학 입시를 앞두고 우연히 어머니가 우는 모습을 보게 됐다. 학교 선생님에게 아들의 학교 성적을 전해들은 것이다. 어머니의 기대를 저버릴 수 없어 그는 몇 달간 공부에 전념했다. 만류하는 선생님에게 간청해 연세대에 입학원서를 냈고 합격했다.

생물학과는 그전 해에 커트라인이 가장 낮았던 과다. 그러나 정작 이장희가 원서를 낸 해의 경쟁률은 예상 밖으로 높았다. 그는 몇 달 공부해서 높은 경쟁률을 뚫고 합격했다. 이장희의 비상한 두뇌와 우직한 뚝심을 잘 보여주는 일화이다.

이장희는 또 보헤미안이었다. 그는 집에 잘 들어가지 않았다. 아버지와 관계가 좋지 않았던 것으로 기억한다. 대신 이장희는 친구 15명의 이름을 적은 쪽지를 늘 주머니에 지니고 다녔다. "이 쪽지만 있으면 굶어 죽지 않는다"고 했다. "이틀에 한 번씩 가면 싫어하지만 2주에 한 번은 괜찮다"며 친구네 집에서 잤다. 그 목록에는 나도 있었다.

우리 집에서 자고 난 다음 날 아침이면 그는 내 옷을 입고 외출했다. 간혹 다른 친구 집에 가면 그 옷이 걸려 있었다. 이장희로 인해 15명의 옷이 제 거처를 잃고 여기저기 흩어졌다.

아버지는 그를 비롯해, 내 집에 찾아오는 친구들을 좋아하지 않았다. 학자였던 아버지에게 내 친구들은 정체불명의 자식들이었다. 더군다나 친구들이 오면 나는 늘 술대접을 해야 했다. 교회 장로였던 아버지는 술을 입에 댄 적이 없었다. 도수에 대한 개념도 없었다. 아버지는 양주 한 병보다 맥주 세 병 마시는 것을 더 싫어하셨다. 그래서 우리는 맥주 대신 서재 캐비닛에 있던 양주를 아버지 몰래 꺼내 마셨다. 아버지가 술을 안 드신다는 사실을 모르는 제자들이 선물해 온 것들이었다.

막 술맛을 알아 가던 때여서 우리는 두세 명이 하룻밤에 양주 한 병을 비웠다. 다음 날 아침 일찍 내가 수업 들으러 가면 이장희는 학교를 가지 않아도 괜찮다며 계속 잤다. 그러곤 느지막이 일어나 내 옷을 꺼내 입고 다른 친구 집으로 향했다. 고등학교 때처럼 그는 공부를 좋아하지 않았다.

1973년에 나는 2년간 맡았던 '0시의 다이얼'이라는 심야 음악프로
그램을 그에게 물려줬다. 이장희만큼 적합한 사람은 없었다. 그리고
예감은 적중했다. 그는 특유의 경쾌함과 유머 감각으로 프로그램을
진행했다. "히어 위 고(Here we go)!" "히어 아이 엠(Here I am)!" 등의
추임새를 잘 넣었다. 역동적인 진행으로 '0시의 다이얼'은 동 시간대
라디오 프로그램 1위 자리를 지켜 갔다. 이듬해 영화 〈별들의 고향〉
OST 주제가 '나 그대에게 모두 드리리'를 부르며 그의 인기는 수직
상승했다.

그뿐인가. 그는 여자들이 좋아할 수밖에 없는 로맨티스트다. 빚을
내서라도 여자에게 장미 100송이를 선물할 수 있는 친구가 이장희다.
한 번은 그가 명동성당 앞으로 송창식과 나를 불러냈다. 기타를 가져
오라는 말과 함께. 12월 24일, 추운 겨울이었다. 마리아 동상 주위를
촛불이 밝히고 있었고, 그 앞엔 이장희와 그의 여자 친구가 무릎을 꿇
고 있었다. 사랑 고백을 위해 이장희가 마련한 이벤트였다. 나와 송창
식이 기타 치며 노래를 불렀다. 손이 얼어 코드가 잘 잡히지 않을 정
도로 고생했지만 돌아보면 아름다운 추억이다.

그의 노래에는 장조와 단조가 조화를 잘 이루는 묘한 장점이 있었
다. 거의 트로트에 가까운 '불 꺼진 창', 열풍을 불러일으켰던 '그건
너', 권주가(勸酒歌)라 해 방송에서 기피했던 '한잔의 술' 등이 그렇다.

동요처럼 느껴지는 '겨울 이야기' 같은 노래를 쓰는가 하면, 사랑의 아픔 그 밑바닥을 휘젓고 다니다 온 것 같은 '안녕'이란 노래를 쓰기도 했다. 때론 읊조리는 시인의 낮은 톤으로, 때론 감미로운 목소리로, 때론 고뇌 섞인 절규의 목소리로 인기를 끌던 그는 노래 활동을 접고 훌쩍 미국으로 떠났다.

그 방랑벽 덕에 1996년 잊을 수 없는 여행을 했다. 단둘이 떠난 여행이었다. 우리가 만난 지 30주년이어서 가능했다. 그 긴 세월을 기념하기 위해 나는 그가 있는 미국 로스앤젤레스로 달려갔고 그의 차로 라스베이거스를 향했다. 1박 2일의 여정이었다.

여행 중 나와 이장희는 사막 한복판에서 벌거벗었다. 우리 나이 오십이었다. 주위엔 아무도 없었다. 옛날 인디언이 애용했다는 온천이 거기 있었다. 믿기지 않았다. 보헤미안 이장희가 죽음의 계곡 데스밸리를 200번 가까이 다녀오며 발견했다는 곳이었다. 물 온도는 적당했다. 우리는 거기에서 어린아이처럼 물장난을 치며 놀았다. 잊을 수 없는 추억이다.

그 여행 말고도 이장희가 미국에 터를 잡은 이후로 나는 미국에 갈 때마다 그를 만났다. 그가 한국에 올 때도 당연히 그를 만났다.

사람을 끄는 흡인력, 이장희에게는 그런 힘이 있다.

남다른 감수성을 지닌
'자연인',
우리의 '귀한 민기'

김
민
기

김민기를 만나고 처음으로 '자연인'의 느낌이 뭔지 깨달았다.

비가 많이 쏟아지는 하루였다. 서울 명동성당 앞에서 우리는 신발을 벗고 걷기 시작했다. 명동성당에서 미도파 백화점까지 일곱 번 정도 왕복했다. 온몸이 젖어들었고, 눈썹에 떨어진 빗방울로 앞을 보기 어려웠다.

그 외에 기억나는 건 없다. 어떤 얘기를 나눴는지, 왜 걷기 시작했는지, 왜 신발을 벗었는지, 왜 그렇게 오래 걸었는지, 나는 모른다. 다만 난생 처음 느낀 자유의 느낌만이 또렷하다.

그는 경기고등학교 3년 후배다. 그러나 학교 관련 모임에서 그를 본 적이 없다. 학연을 따지는 성격이 아니었고, 활발하게 활동하는 성격도 아니었다.

서울 명동 YWCA 노래 모임 '청개구리'에서 그를 처음 봤다. 무대에서 그는 남달랐다. 의자 없이 바닥에 양반다리 자세로 앉아 공연했다. 그때 불렀던 노래가 밥 딜런의 'Don't think twice, it's all right'다. 그는 아르페지오 주법 중 '쓰리 핑거(three fingers)'란 주법으로 기타를 치며 노래를 불렀다. 당시 통기타 가수 중 이 주법으로 완벽하게 반주하며 노래 부르는 경우는 퍽 드물었다. 그만큼 어려운 주법이었다.

　노래의 느낌도 독특했다. 시골에서 농사지을 법한 얼굴로 사람 마음 깊은 데를 관통하는 듯 노래했다. 그리고 낭만적인 사랑을 노래하기보다는 인생 전반에 대해 이야기를 건네는 듯한 노래를 많이 지어 불렀다. 나는 그의 독특한 분위기에 완전히 매료됐다.

　이미 '도비두(도깨비 두 마리의 약자)'로 활동한 바 있던 김민기였다. '도비두'는 경기고등학교 동기 김영세(지금은 이노디자인 대표, 아이리버 MP3 디자인으로 유명)와 함께 결성한 듀엣 이름이었다. 김영세가 먼저 제안했다.

　김영세는 도비두로 활동하기 앞서 경기고 동기 이규원(가구 사업가), 조기현(미국 뉴욕 파슨스 대학 교수)과 함께 '다이아몬드 밴드'를 결성했었다. 다이아몬드 밴드는 드럼과 베이스, 기타를 갖춘 밴드였다. 그러나 오래 활동하지 못하고 해체했다.

　대신 다이아몬드 밴드는 '도비두'의 씨앗이 됐다. 밴드 구성원 중 리드 보컬과 세컨드 기타를 맡았던 김영세가 김민기에게 듀엣을 제안했다. 이미 김민기는 클래식 기타 연주로 어느 정도 알려져 있던 상태였다. 그렇게 결성된 도비두는 1970년부터 '청개구리'에서 활동하기 시작했다. 초기엔 '피터, 폴 앤 매리'나 밥 딜런 등의 포크송을 불렀고 후기엔 비틀스나 김민기의 자작곡을 불렀다.

당시 김민기가 자주 불렀던 노래 중 하나가 '친구'란 자작곡이다. "검푸른 바닷가에 비가 내리면 어디가 하늘이고 어디가 물이오"로 시작해 "저 멀리 들리는 친구의 음성, 달리는 기차 바퀴가 대답하려나"로 마무리되는 구슬픈 노래다. 그는 중앙선 야간열차에서 하룻밤 새에 이 곡을 썼다. 후배 김성범을 기리는 노래다.

김민기는 어릴 적부터 보이스카우트 활동을 해 왔다. 열성적인 리더로 '타이거' 호칭을 얻기도 했다. 입시를 앞둔 고등학교 3학년 때도 그는 꾸준히 관련 행사에 참석했다. 그 행사 중 하나가 동해에서 열린 지역 단위 대회 '캠포리(Camporee: 캠프와 잼버리의 합성어)'였다.

거기서 불상사가 벌어졌다. 그가 아끼던 후배 김성범이 수영 중 익사했다. 누군가 김성범의 부모님에게 이 사실을 알려야 했다. 그 역할을 김민기가 맡았다. 늦은 밤에 그는 홀로 중앙선 야간열차에 올랐다. 새벽에 서울 청량리역에 도착하는 완행열차였다. 김민기는 그 기차 안에서 '친구'를 지었다. 선배로서 애통한 마음과 후배와 나눈 우정의 흔적, 이를 삼킨 검푸른 바다, 죽음의 공포, 끊임없는 기차 바퀴 소리 등을 모두 이 노래에 담았다. 한 고등학생이 제 마음을 담아 만든 이 노래는 지금도 좋아하는 이들이 많은 명곡이 됐다.

우리는 종종 같이 술을 마셨다. 일이 끝나면 늘 후배들을 몰고 다니며 술을 마시던 시절이었다. 어울리던 무리에서 내가 제일 돈을 잘 썼다. 학사 주점에서 낙지볶음을 안주로 소주나 막걸리를 마시곤 했는데 김민기도 그 자리에 있었다. 평소에 말이 없는 그는 술을 마셔도 조용했다. 간혹 던지는 말은 특이했다. 과실주를 마실 때면 보통 "과일 향이 나네"라거나 "술 맛 좋다"라고 말하기 마련이다. 그는 달랐다. 그에게 술 맛이 어떠냐고 물으면 "관능적이군요" 하는 답변이 튀어나왔다.

그런 그가 어느 날 갑자기 돈을 빌려 달라고 말했을 때 깜짝 놀랐다. 친구가 군대를 가는데 송별회를 해 주고 싶다고 했다. 그의 첫 부탁이었지만 나는 다른 제안을 했다.

"그냥 너한테 돈을 줄 수도 있는데, 기왕이면 네가 수고해서 번 돈으로 해 주는 게 더 의미 있지 않겠어?"

"제가 당장 무슨 수로 돈을 벌어요?"

사실이었다. 그의 노래는 묵직했다. 다방이나 술집에서 부를 만한 노래가 아니었으니, 아르바이트를 하기에도 막막했다. 나는 그 자리에서 이백천 선생에게 전화했다. 그는 음악평론가이자 세시봉 시절부터 우리의 멘토였다. 당시 동양방송 '명랑백화점' 피디로 활동하고 있었다. 회사나 부서 대항으로 게임을 하는 예능 프로그램이었다. 그 프로그램에 김민기를 출연시켜 달라고 부탁했더니 흔쾌히 허락했다. 그 것이 김민기의 데뷔 무대가 되었다.

지금 생각하면 황당한 일이다. 무턱대고 부탁한 나나, 어울리지도 않는 데 나간 김민기나, 흔쾌히 허락한 이백천 선생이나, 셋 모두 대 담했다. 어쨌든 그 프로그램에 출연해 김민기는 1500원을 받았다. 막 걸리나 백반이 100원도 채 안 되던 시절이었다. 그는 친구 송별회를 무사히 치렀다.

그 뒤로도 그와의 인연은 드문드문 이어졌으되 그의 인생은 굽이 쳤다. 1971년 '아침이슬'을 담은 〈김민기 1집〉을 낸 그는 이듬해 서울 대 문리대 신입생 환영회에서 '꽃 피우는 아이'를 불렀는데 그것이 화 근이 되었다. 이 노래의 애잔한 가사를 당시 정권은 저항적이라고 판 단했다.

"무궁화 꽃을 피우는 아이 / 이른 아침 꽃밭에 물도 주었네 / 날이 갈수록 꽃은 시들어 / 꽃밭에 울먹인 아이 있었네 (중략) 꽃은 시들어 땅에 떨어져 꽃 피우던 아이도 앓아 누웠네 / 누가 망쳤을까 아기의 꽃밭 / 그 누가 다시 또 꽃 피우겠나 (후략)"라는 내용이었다. 1집 앨범 이 전량 폐기되었고 마스터 테이프도 빼앗겼다.

그때부터 그는 연극 분야에서 본격적으로 활동하기 시작했다. 1973년엔 김지하가 희곡을 쓴 연극 〈금관의 예수〉 전국 순회공연에 참여했다. 이듬해 소리굿 〈아구〉를 내놓고 군에 입대해 1977년에 제대했다. 그러고는 몇 년간 서울을 떠나 고향 전북 김제시에 거주했다. 거기에서 그는 수확한 감자나 고구마를 보내오기도 하고, 어떨 때는 쌀을 보내면서 쌀값을 달라 하기도 했다. 연극 활동하는 데 돈이 필요하다는 이유였다.

그즈음으로 기억한다. 어느 날 그가 우리 집에 놀러와 함께 술을 마셨다. 당연히 집에서 자고 갈 줄 알았다. 그러나 그는 저녁 10시쯤 자리에서 벌떡 일어서더니 5000원만 달라고 했다. 왜 그러느냐고 묻자 청량리에서 태백 가는 기차를 타야 된다고 했다.

"거기는 왜?"

"한 석 달 정도 있으면서 일하려고요."

후에 알았다. 태백 탄광에선 그를 받아 주지 않았다. 사회 운동가로 보이는 김민기가 그들 탄광에서 일하는 게 부담스럽다는 이유였다. 결국 그는 태백을 떠나 충남 보령 탄광을 찾아갔고, 그곳에서 여러 달 광부들과 생활했다.

그렇게 훌쩍 떠나곤 다시 한동안 연락이 없었다. 그러다 불쑥 나타났다. 김민기의 성격이 그랬다. 서울 대학로의 '학전' 대표로 자리 잡고 나서야 우리는 종종 만났다.

지난 3월 30일 송창식과 윤형주, 김세환, 나, 조영남, 양희은 등이 모두 학전소극장에 모였다. 그의 환갑 생일과 학전 개관 20주년을 기념한 자리였다. 일찌감치 "나는 가수가 아니다"라고 선언한 그는 그 자리에서도 '봉우리'의 가사를 낭독했을 뿐 노래를 부르지는 않았다.

　세상은 그를 저항 문화의 상징으로 기억한다. 그가 '아침이슬'을 발표한 1970년을 저항 문화의 시작이라 보는 이들도 많다. 내가 아는 김민기는 사람들을 선동하거나 나서서 의견을 주장하는 성격이 아니다. 서정적이고 해학적인 감수성을 지닌 친구다. 그리고 무엇보다 우리의 '귀한 민기'다. 우리 모두 그에게 공연장 하나 지어 주는 꿈을 잊지 않고 있다.

언제나 씩씩한,
그러나 애틋한
내　동생

양
희
은

2000년 큰딸이 결혼할 때 양희은이 축의금과 함께 손으로 쓴 편지 한 통을 보내왔다. 그녀는 지난 40년간 나를 '오빠'라고 부른 적이 한 번도 없다. '형주 형'이라고 시작하는 편지 내용은 이랬다. "형주 형, 변변히 고맙다는 얘기도 못하고 여기까지 왔는데, 이제야 고맙다는 말씀 드려요. 장녀의 결혼 진심으로 축하드립니다."

그녀를 위해 암 수술비를 마련해 준 일이 고맙다는 것이었다. 본래 말 안 하고 지켜온 일이었다. 그러나 지난 2월 양희은이 TV 프로그램에 출연해 그 사연을 공개했다. 그러니 이제 좀 더 자세한 내용을 털어놔도 좋겠다는 생각이 든다.

1970년대 후반 양희은이 아프다는 소식을 들었다. 수술을 받아야 한다고 했다. 양희은은 '아침이슬', '세노야', '네 꿈을 펼쳐라' 등 여러 히트곡을 냈음에도 돈이 부족했다. 음반이 많이 팔려도 그만큼 돈을 받지 못하던 시절이었다.

꾀를 냈다. 가수협회 등록만 돼 있으면 의료보험 혜택을 주는 제도가 막 도입된 차였다. 양희은은 등록이 돼 있지 않았다. 한국예술문화단체총연합회 회장이었던 배우 신영균 씨를 찾아갔다.

"양희은이 가수 활동해 온 거 다 아시지 않습니까? 1년치 밀린 가수협회비를 낼 테니 등록증 만들어 주는 게 어떨까요."

일종의 변칙이었다. 전산화가 전혀 돼 있지 않던 시절이라 가능했다. 그러곤 의료보험협회를 찾았다. 당시 나는 기독교방송 '찬양의 꽃다발'을 진행하고 있었다. 전국 환자나 장애인들을 대상으로 의료계 관련 정보를 전하는 방송이었다. 여기 출연한 인연으로 의료보험협회 홍보부장과 안면이 있었다. 그에게 말해 의료보험 적용도 문제없이 끝냈다.

마지막으로 양희은을 경희대 의대 부속병원에 입원시켰다. 당시 레지던트였던 의대 동기들에게 부탁했다. 2인실을 주는 대신 그 방에 환자를 더 받지 않게 해 달라고. 그러고는 인턴인 후배들에겐 두 명씩 조를 짜게 하여 "하루에 한 팀씩 병실을 찾아 꼭 희은이를 웃겨 달라"고 신신당부했다. 후배들은 매일 내게 어떤 내용으로 웃겼다고 전화해 알렸다. 수술은 은사 목정은 박사가 집도해 성공적으로 끝났다. 양희은은 언제나 그냥 도와야 할 내 동생처럼 느껴졌다.

양희은과 처음 만난 건 1968년으로 거슬러 올라간다. 나는 고등학생 시절 미 문화공보원(USIS)에서 모임을 갖는 영어 동아리 '오크 클럽(Oak Club)'에서 활동했다. 경기고, 서울고, 경기여고, 이화여고 학생들이 모여 만든 모임이었다. 매주 한 번 만나 영어로 토론했다. '교복과 사복 중 어느 것이 더 적절한가', '통행금지는 사라지면 안 되나' 등을 주제로 했던 것으로 기억한다. 모임이 끝날 때면 '홍하의 골짜기(Red River Valley)'를 다 같이 불렀다. 오크 클럽 주제가였다. 나는 오크 클럽에서 발행하는 『위클리 오크』 에디터로도 활동했다.

양희은은 그 클럽의 4년 후배였다. 1968년 봄 오크 클럽 창립 기념행사가 열렸다. 그 행사에 초청 받아 송창식과 함께 참석했다. 트윈폴리오가 어느 정도 세상에 알려진 시기였다. 당시 경기여자고등학교 2학년이던 양희은이 사회자였다.

첫인상이 선머슴 같았다. 당시 다른 여학교와 달리 경기여고 교복은 바지였다. 그것도 이른바 '몸뻬 바지' 스타일이었다. 머리도 땋지 않고 짧게 자른 단발이었다. 말투도 당돌했다. 우리가 노래를 마치자 양희은이 노래를 부르겠다고 했다. 부르기에 앞서 무대에 아직 남아 있던 내게 그녀가 말했다.

"선배님, 노래 반주 좀 해 주세요."

깜짝 놀랐다. 보통 여학생이라면 미리 말을 해 주거나 좀 더 정중하게 부탁해 왔을 것이다. 어쨌든 얼떨결에 반주에 나섰다. 그녀는

'도나 도나(Donna Donna)'를 불렀는데 노래를 무척 잘했다. 영어 발음도 정확했다. 이미 학교에선 유명한 모양이었다. 나는 노래를 듣고 나서 "너 대학생 되거든 우리한테 찾아와라" 했다.

그녀는 2년 뒤 우리가 공연하고 있던 명동 생맥주 카페 오비스 캐빈으로 찾아왔다. 대학생이 아닌 재수생 신분이었다. 가정 형편이 어려워 돈을 벌어야 한다고 했다. 노래 실력은 이미 알고 있지만 무명인 그녀를 서울 무대가 마땅치 않았다. 그때 송창식이 자기 공연 시간의 일부를 그녀에게 내줬다. '포크의 디바 양희은'의 데뷔 무대였다.

그 이후로 양희은은 명동의 YWCA에서 주로 노래를 했다. 그곳 YWCA에는 '청개구리'라는 노래 모임이 있었는데 거기에서 그녀는 김민기와 함께 고정 멤버로 활동했다. 김민기가 포크 듀엣 '도비두'로 활동하던 시절이었다.

양희은은 김민기의 서울 재동초등학교 1년 후배다. 당시에는 서로 모르다가 1969년에 만나면서 선후배라는 것을 알았는데, 그 선후배라는 관계가 묘하게 작용해 둘은 친하면서도 자주 싸웠다. 김민기는 늘 양희은을 집까지 데려다 준 뒤 걸어서 자기 집으로 갔다.

둘은 특히 같이 음악을 할 때 더할 나위 없는 조화를 보였다. 보통 김민기가 반주하고 양희은이 노래했다. 김민기의 탄탄한 기타 주법으로 양희은의 노래는 생명력을 얻었다. 김민기가 만든 노래를 양희은이 부를 경우엔 노래의 설득력이 힘을 더했다. 김민기의 생각과 감성을 가까이서 보고 들었기 때문이다.

그들이 활동한 청개구리는 오비스 캐빈과는 또 다른 성격의 문화 공간이자 우리 다음 세대의 주역이 모인 곳이었다. 양희은, 도비두를 비롯해, 남성 듀엣 아도니스, '벽오동', '언덕에 올라' 등을 부른 김도향, 손창철의 투 코리언즈, '바보처럼 살았군요', '너', '겨울아이' 등을 부른 이종용(지금은 미국 LA 코너스톤 교회 담임목사), 방의경, 이주호(해바라기), 이정선 등이 청개구리에서 활동했다.

이들은 세시봉 친구들과는 달랐다. 트윈 폴리오를 비롯해 조영남과 김세환 등은 주로 번안 가요를 많이 불렀다. 낭만주의와 통기타가 결합된 문화의 새로운 물결이었다. 반면 청개구리에선 주로 자작곡을 불렀다. 세시봉과 오비스 캐빈이 공연장에 가까웠다면, 청개구리는 발표장 성격이 강했다. 서로 노래를 부르고 생각을 나누는 대화의 장이었다. 거기서 양희은은 '세노야'를 불러 유명해지기 시작했고, 그녀를 눈여겨본 김진성 피디가 발탁해 기독교 방송 라디오프로그램 '세븐틴' 디제이를 맡게 됐다.

'세븐틴' 이후로도 그녀는 40년 가까이 방송 생활을 해 왔다. 숱한 청취자들의 사연을 들었다. 노모의 한숨 소리, 투병 중인 환자의 탄식 소리, 넉넉지 못한 이들의 한탄 소리. 그녀는 늘 진심이 담긴 목소리로 이 사연들을 듣고 전했다. 그녀 역시 굴곡진 인생을 살아서일 것이다.

어린 시절 아버지의 외도로 느낀 상실감, 어머니의 잘못된 빚보증으로 채권자들에게 받았던 모멸감, 동생들의 학업을 책임져야 했던 장녀의 부담감, 남의 일인 줄만 알았던 암 발병, 시한부 인생 선고……. 그녀는 이를 모두 겪었다.

이뿐인가. 가수 중에 양희은처럼 금지곡이 많은 가수가 드물다. "태양은 묘지 위에 붉게 타오르고"라는 가사가 국가의 적화(赤化)를 암시한다 해 금지된 '아침이슬'이 대표적이다.

'작은 연못' 역시 정확한 이유 없이 금지곡으로 지정됐다. 가사 중 "어느 맑은 여름날 연못 속에 붕어 두 마리 / 서로 싸워 한 마리는 물 위에 떠오르고 / 여린 살이 썩어 들어가 / 물도 따라 썩어 들어가 / 연못 속에선 아무것도 살 수 없게 되었죠"란 부분이 남북한의 처절한 무력 전쟁, 박정희와 김대중의 정권 투쟁, 김종필과 이후락의 권력 암투를 연상시키기 때문이라는 소문만이 돌았다.

그 외에도 그녀 노래 중 금지곡은 30곡이 넘었다. 때론 피해 가고 가끔은 돌아가도 되련만 김민기가 만든 노래를 그녀는 조금도 수정하지 않고 불렀다. 1987년이 되어서야 비로소 그녀의 곡들은 해금됐다.

이 모든 일들을 겪고도 양희은은 우뚝하다. 벌써 무너졌을지도 모르는 인생인데 아직도 달린다. 버티고 일어서고 붙들고 쉬지 않는 선머슴처럼 양희은의 삶은 밀도가 높다.

숫기 없는
'개 그 맨 1 호'

전
유
성

"여러분, 영화를 공짜로 보는 방법이 있는데 아십니까? 극장 들어갈 때 표 검사하시는 분이 표를 달라 그러면 시치미 뚝 떼고 이렇게 말하세요. '들락날락해서 죄송합니다'라고요. 저도, 자꾸 들락날락해서 죄송합니다."

1971년 3월 30일 동아방송 라디오 프로그램 '0시의 다이얼' 디제이를 맡게 됐을 때의 나의 멘트였다. 전유성이 만들어 준 말이었다.

'0시의 다이얼'을 진행하는 동안 가장 오래 함께했던 이가 바로 전유성이다. 그는 '0시의 다이얼' 스크립터였다. 1971년 10월 서울시에 위수령(衛戍令)이 내렸을 땐 24시간을 붙어 지내기도 했다. 야간 통행증이 있어도 무용지물이었다. 광화문에 여관을 잡아 놓고는 방송이 끝나면 그와 함께 잤다.

전유성을 처음 만난 건 서울 명동 생맥주 홀 오비스 캐빈에서 트윈 폴리오로 활동할 때다. 당시 알게 된 김용웅 씨가 관할한 지역 중 하나가 아스토리아 호텔 나이트클럽이었다. 그가 어느 날 부탁을 해 왔다. 나이트클럽 총지배인 아들이 연극이랑 팬터마임을 한다는데 도와줄 수 없느냐는 거였다.

다음 날 서울 효자동 인근 다방에서 부자(父子)를 만났다. 아버지가 "정말 부족한 게 많은 아들인데 잘 좀 부탁드린다"고 했다. 아들은 성냥개비 같은 마른 몸에 숫기가 없어 보였다. 그가 당시 서라벌 예술대학 학생이었던 전유성이었다.

그날 이후로 늘 그와 함께 다니기 시작했다. 일종의 로드 매니저 역할을 그가 했다. 기타를 들어 주고 전화를 걸어 주는 등 잔심부름이 그의 몫이었다. 공연이 열리면 그가 직접 포스터를 붙이러 다녔고, 공연 구성을 짜 줬다. 가끔 팬들과의 만남이 두 장소에서 동시에 열릴 때면 전유성을 먼저 보냈다. 한 시간이고 두 시간이고 그 혼자 팬들을 상대했다.

내가 '0시의 다이얼' 디제이를 맡게 된 이후 그는 방송 원고를 써 주기도, 무대에 서기도 했다. 나는 따로 차비와 원고료를 챙겨줬다.

국내에서 개그맨이란 말을 처음 쓴 것도 그때가 처음인 것으로 기억한다. 당시 '0시의 다이얼'은 한 달에 한 번씩 현장에서 방송을 진행했다. 서울 진명여고 강당에서 전유성은 김승식과 함께 무대에 섰다. 김승식은 경기고등학교 후배로 후에 '가까이 하기엔 너무 먼 당신'을 부른 이광조 매니저를 한 사람이다. 기획을 잘했고 머리가 비상했다.

전유성과 김승식은 요즘 개그맨들 하듯이 둘이 말을 주고받으며 청중을 웃겼다. 무대에 서기 전에 둘은 "개그 스테이지를 준비했습니다"라고 소개했다. 그다음부턴 사회자들이 그를 "개그 스타 전유성"으로 불렀다.

'0시의 다이얼'에 '팝송 영어'란 코너가 있었다. 영어 가사를 해설해 주는 내용이었다. 전유성이 이 코너 사회를 맡은 신동운 씨에게 "내 스스로 '개그 스타 전유성입니다'라고 말하긴 부끄럽습니다"라고 했다. 그러자 신동운 씨가 말했다. "뭐 복잡하게 생각해. 개그 하는 사람이니까 개그맨이지."

그 시절 이장희의 '겨울 이야기'란 토크 송을 패러디한 것이 크게 인기를 끌었다. '제 연인의 이름은 경아였습니다'로 시작하는 가사를 '제 연인의 이름은 한심이었습니다'로 고쳐 불렀다. 내가 아이디어를 내고 내용은 전유성이 채웠다. 훗날 '독도는 우리 땅'을 부른 정광태가 이를 응용해 '한심이'로 데뷔, '한심이 시리즈'를 유행시켰다.

'0시의 다이얼'에 출연하며 위기를 겪기도 했다. 당시 방송사엔 중앙정보부에서 파견한 조정관이 있었다. 사무실에 앉아 방송을 듣다 위험한 멘트가 나오면 이를 심의했다. '흥부와 놀부' 이야기를 하다

"제비가 박씨를 물고 갔다"는 표현만 해도 "왜 박 씨냐. 무슨 저의가 있는 것 아니냐"는 지적을 받던 시절이었다.

하루는 전유성이 방송에서 "박정희 대통령과 육영수 여사의 부부 싸움을 뭐라 부를까"라는 질문을 던졌다. 그리고 자답했다. "육박전 이죠!" 그 뒤 그는 석 달간 방송 출연을 정지당했다.

반전은 그다음에 일어났다. 그때 종종 같이 어울렸던 이 중 최은자라는 누나가 있었다. 박정희 대통령 전용 비행기 승무원이었다. 그녀가 경남 진주 가는 비행기에서 '육박전' 이야기를 꺼냈다. 박정희 대통령도, 육영수 여사도 박장대소했노라고, 후에 그녀가 말해 주었다.

요즘 전유성은 경북 청도군에 내려가 있다. 거기서 '니가쏘다쩨'란 카페를 운영했고 최근엔 코미디 철가방 극장을 열었다.

'니가쏘다쩨'는 2007년 전유성이 청도에 내려가 작은 교회 건물을 고쳐 꾸민 카페다. 3년 전 처음 카페를 찾았을 때 깜짝 놀랐다. 테이블보엔 커피를 쏟은 그림과 함께 '니가쏘다쩨'란 카페 이름이 선명했다. 짬뽕과 파스타의 조합도 특이했고, 짬뽕을 시키면 그릇에 뚫린 구멍에 젓가락을 꽂아 주는 것도 특이했다.

철가방 극장은 정말 철가방 모양으로 만들었다. 반쯤 연 철가방에서 쏟아 내리는 간자장과 짬뽕, 젓가락과 고춧가루 통 등을 벽에 묘사했다. 전 세계에서 제일 큰 철가방이다. 그러나 객석은 고작 40석이고, 20석만 차도 공연을 한다고 했다. 역시, 욕심 없는 그를 닮은 공간이다.

전유성은 돈 욕심이 없다. 돈이 있든 없든 적응을 잘한다. 만들고 싶은 게 있으면 일단 만들고 본다. 수익 창출을 위한 계획은 그의 머리에 없다. 처음부터 그랬다. 가끔 돈을 달라 부탁할 때가 있었다. 왜냐고 물으면 뭘 살 게 있다고 답한다. "지금은 없으니 나중에 줄게"라고 말하면 이렇게 대꾸했다. "그럼 그냥 말지 뭐." 그러고 끝이다.

보통 사람들이라면 사기 위해 돈을 벌거나 빌릴 텐데 전유성은 딱 접는다. 돈을 받으면 미안해했다. 트윈 폴리오 활동 시절 "유성아, 차비 없잖아" 하고 돈을 건네면 특유의 어눌한 말투로 "아씨, 난 왜 이러지" 하며 머리를 싸맸다.

대신 주변에 사람이 많다. 요즘도 스승의 날이면 일군의 코미디언들이 청도에 있는 전유성을 찾는다. 2001년 그에게 배운 코미디 시장 1기들이다. 방송에서 활동 중인 신봉선, 박휘순, 안상태, 황현희, 김대범 등이 전유성에게 배웠다. 2010년에 다시 2기를 모집했다.

철가방 극장은 그의 인덕으로 가능했다. 극장 의자엔 모두 이름이 붙어 있다. 하나당 100만 원씩 후원한 후원자들이다. 2009년엔 내가 도왔다. 농심 후루룩 국수 광고에 최양락과 함께 그를 모델 후보로 추천했다. 농심 광고 시엠송을 거의 내가 하던 시절이었다. 다행히 추천대로 그들이 출연했고, 전유성은 그 돈을 코미디 극장 설립에 보탰다.

제자들뿐 아니라 후배 중에도 그를 존경하는 이들이 많다. 심형래, 최양락, 임하룡, 남희석, 김형곤, 서세원, 최병서 등이 그렇다. 간혹 방송하다 보면 이들과 마주칠 때가 있는데, 그때마다 내게 친근감을 보인다. 전유성이 틈틈이 나와 지낸 일을 이야기해 줘서일 것이다.

그런 전유성도 데뷔 초기에는 당시 코미디 유행과 어울리지 않아 오래 무명 시절을 보냈다. 그는 말로 웃겼다. 시대를 앞서 나간 개그였지만 사람들이 이해를 못해 언제 웃어야 할지 타이밍을 잡지 못했다. 내가 "너무 많이 앞서 나가지 말고 딱 반걸음만 앞서 나가"라고 해도 소용없었다. 그래서 재능에 비해 늦게 TV에 출연하기 시작했다.

숫기도 없었다. 내가 솔로 활동을 할 때 전유성을 부산에 보낸 적이 있다. 해운대 관광호텔 나이트클럽에 가서 공연 일정을 한 번 잡아보라고 시켰다. 다음날 그가 터덜터덜 돌아오더니 "보름달 때문에 실패했다"며 머쓱해했다.

사연인즉 이랬다. 내려가니 나이트클럽 담당자들이 다들 창가에 몰려 보름달을 보고 있었다고 했다. 정월 대보름이었다. 그 옆에 다가가 "저 혹시 윤형주라는 가수가 있는데 써 볼 생각이 없는지요"라고 물었더란다.

다들 반응이 시큰둥했다. 다시 한 번 묻자 담당자가 되물었다.

"윤형주가 누구냐?"

"트윈 폴리오요. 그중 한 명이에요."

"무슨 노래를 불렀는데?"

전유성은 그 자리에서 '하얀 손수건'을 불렀다. 반응이 없어 '두 개의 작은 별'도 불렀다. 필시 고개를 숙이고 기어 들어가는 목소리로 불렀을 것이다. 그는 음치다. 결국 노래를 불러도 아무 반응이 없어 그냥 돌아왔다고 했다. 그날 이후로 전유성에게 공연 일정 잡는 일을 시킨 적이 없다.

언제까지나
형이 되어 주고 싶은
멋쟁이 내 아우

김세환

김세환, 송창식과 함께 '빅3 공연'을 다닐 때 종종 김세환은 나를 이렇게 소개했다. "환갑이 넘은 지금까지도 저를 챙겨 주는 영원한 형님입니다."

맞다. 김세환은 내게 영원한 동생이다. 그의 공연과 방송 데뷔 무대에 같이 섰다. 그의 데뷔 앨범도 같이 만들었다. 환갑이 넘어도 이 관계는 변함없다. 죽을 때까지 그럴 것이다.

1970년 봄에 그를 처음 만났다. 일종의 야외 학습장인 경희대 임간(林間) 교실에서 신문방송학과 신입생환영회가 열렸다. 초청받아 간 그 자리에서 그 학과 학생이던 김세환이 노래를 불렀다. 부드러운 발성과 창법이 자연스러웠고, 노래 분위기를 잘 파악했다. 노래를 듣는데 부담스럽지 않았다. 당시 사회자의 소개말로 그가 연극인 김동원 선생의 아들이란 사실을 처음 알았다.

그는 고등학교 3학년 때부터 재수할 때까지 어머니가 텔레비전을 못 보게 했는데, 유일하게 허락한 게 트윈 폴리오와 조영남이 출연한 프로그램이었다고 한다. 워낙 어릴 때부터 팝송을 좋아했다고 했다. 3남 중 막내였던 그는 형들의 영향으로 많은 외국 곡을 접했다.

그가 기타를 쳐야겠다고 마음먹은 건 서울 보성고등학교 2학년 때다. 여름방학에 대천 해수욕장에 놀러 갔다가 한 대학생이 기타 치며 팝송을 부르는 모습을 봤다. 주변을 둘러싼 여학생들이 그를 선망의 눈빛으로 바라봤다. 그 광경을 보고 '서울 가면 무조건 기타를 배워야겠다'고 생각했다고 한다.

성가대에서 피아노를 쳤던 김세환의 어머니는 아들을 전폭적으로 지지했다. 다만 음악학원은 가지 못했다. 불량 청소년이 많다는 이유로 부모님이 반대해서였다. 대신 독학으로 연습했다. 고등학교 3학년 때도 큰형이 "기타 부숴 버린다"고 할 때까지 기타를 쳤다. 그해 결국 연세대에 지원했으나 낙방하고 이듬해 재수를 하고 경희대 신문방송학과에 입학했다.

대학에 들어와서는 시위대 한가운데 있는 내 모습이 인상 깊었다고 했다. 당시엔 종종 의대생이 흰 가운을 입고 앞에 서서 경찰과 대치했다. 그때 경희대 의대에 다니던 나도 맨 앞에 선 적이 몇 번 있다. 날 보고 '가수도 데모하네'란 생각이 들었다 했다.

대학생 김세환의 꿈은 가수였다. 1970년 9월 그가 꿈에 한 발짝 다가갔다. 지금 서울 세종문화회관 자리에 시민회관이 있었다. 거기서 플레이보이컵 쟁탈 그룹사운드 경연대회가 열렸다. 주최측에서 나를 초청했다. 처음엔 망설였다. 전해에 이미 트윈 폴리오 은퇴 선언을 하고 학업에 열중하던 시기였다. 그러나 생각할수록 몸이 근질거렸다. 그러다 문득 김세환을 데리고 나가면 되겠다는 생각이 들었다. 나에게는 좋은 핑계였다. 나는 그와 함께 무대에 올라 비지스의 'Don't forget to remember'를 불렀다. 원곡엔 없는 화음을 넣었는데 반응이 좋았다.

그해 겨울, 그에게 결정적인 장난을 쳤다. 시험 철이었다. 밤새 공부하다 새벽 다섯 시쯤 참을 수 없이 졸음이 밀려왔다. 그때 한 가지 장난이 떠올라 친구를 시켜 김세환 집에 전화했다. 김세환 어머니가 졸린 목소리로 전화를 받았다. 친구가 정중하게 말했다.

"TBC 굿모닝 쇼 프로듀서입니다. 출연료 인상 문제 때문에 오늘 나오기로 한 가수가 펑크를 냈습니다. 김세환 씨가 노래도 잘하고 김동원 씨 아드님이란 얘기 듣고 이렇게 연락을 드렸어요. 두 곡 정도 준비해서 통기타 가지고 오실 수 있나요?"

시민회관에서 첫 무대에 섰으되 철저히 무명인 시절이었다. 새벽 다섯 시에, 온 집안이 난리가 났다. 어머니는 2층에 올라가 부랴부랴 아들을 깨웠다. 운전사도 깨웠다. 아들 입에 날달걀을 털어 넣고 옷을 입혀 운전사와 함께 방송사로 보냈다. 아침 여섯 시쯤 도착했을 것이다. 스튜디오에 올라갔는데 어느 직원도 그에게 말을 걸지 않았다. 이미 방송은 시작됐다. 주뼛주뼛 시간을 보내다 김세환이 용기를 내 방송 진행 스태프에게 물었다.

"저 김세환인데요, 오늘 출연하는……."

"명단에 없는데요."

김세환은 순간 생각했다.

'아, TBC가 아니라 MBC다. 내가 잘못 들었구나.'

TBC는 서울 서소문에, MBC는 정동에 있었다. 급히 MBC로 향했다. 도착할 즈음 이미 프로그램은 중반을 넘어서고 있었다. 이번엔 망설이지 않고 바로 스태프에게 말했다.

"늦어서 죄송합니다."

"누구시죠?"

"저 김세환인데요. 오늘 새벽에 연락 주셔서."

"김세환? 출연 명단에 없는데요."

"없어요?"

"TBC 아닌가요?"

"거기 갔다 왔는데."

"오늘 명단엔 없어요."

그날 점심에 학교 식당에서 밥을 먹는데 김세환이 씩씩거리며 들어왔다. 우리는 시치미 딱 떼고 앉아 있었다. 그가 아침에 벌인 소동을 이야기하며 "어느 놈인지 만나면 죽여 버리겠다"는 말도 덧붙였다.

그에게 차마 사실을 말할 수 없었다. 1년이 지나도, 2년이 지나도 그 얘기만 나오면 얼굴이 붉으락푸르락 바뀌었다. 그가 가수로 정점에 오른 5년 뒤에 마침내 사실을 밝히자 그가 말했다.

"형이 했다는 심증은 있었지만 물증이 없어 차마 말을 못했는데 어떻게 그럴 수 있어요. 내가 그날 얼마나 망신을 당했는지 알아요."

이 자리를 빌려 다시 사과한다. 미안하다, 세환아.

간혹 내가 세환이에게 농을 건다. "너처럼 쉽게 연예계 진출한 사람도 드물 거다." 맞다. 처음으로 서울 시민회관에 그를 데려간 뒤 첫 라디오 방송 출연부터 첫 앨범까지 모두 탄탄대로였다. 그리고 그 자리에는 언제나 내가 함께 있었다.

첫 라디오 데뷔는 이종환 디제이가 진행하던 MBC '별이 빛나는 밤에'에서였다. 당시 가장 인기 있던 심야 프로그램 중 하나였다. 시민회관에서 우리가 노래 부르는 모습을 지켜보던 이종환 디제이가 프로그램에 초청했다. 그 자리에서 역시 같은 노래, 비지스의 'Don't Forget to Remember'를 불렀다.

그 뒤로 사람들은 엽서 신청곡에 비지스의 노래 대신 우리가 부른 버전을 더 많이 신청했다. 나와 김세환의 듀엣에는 송창식과 함께했던 트윈 폴리오와는 다른 매력이 있었다. 트윈 폴리오는 이질적인 두 목소리의 만남이었다. 반면 나와 김세환의 목소리는 미성으로 서로 비슷했다. 당시 듀엣의 전형으로 받아들여졌던 '사이먼 앤 가펑클(Simon and Garfunkel)'이나 '에벌리 브라더스(The Everly Brothers)'에 가까운 조합이었다. 그래서 외려 트윈 폴리오보다 더 편안하고 잘 어울린다고 말하는 이들이 많았다. 게다가 김세환은 어릴 적부터 팝송을 즐겨 들었다. 둘이 함께 부를 수 있는 팝송이 200여 곡이었다.

이 인기를 토대로 김세환은 첫 앨범을 냈다. 〈별밤에 부치는 노래 씨리즈 V. 3〉이다. LP판 앞면에 '라라라'를 포함해 내가 부른 곡을, 뒷면엔 김세환이 'Don't Forget to Remember'를 번안해 부른 '잊지 못할 사랑'을 실었다. 사실상 내가 기획한 앨범이었다. 그가 부를 노래를 선곡하고 가사를 번안하는 일을 내가 맡았고 편곡과 화음도 내가 해 줬다. 기타는 이장희와 친했던 강근식이 쳤다.

첫 앨범 발매 후 그의 인기는 수직 상승했다. 그리고 한 번 오른 인기는 1970년대 초반 식을 줄을 몰랐다. 나는 상복이 없었다. 1980년 '바보'로 MBC '금주의 가요'에 5주간 1위를 한 기록 말고는 특별한 게 없다. 반면 김세환은 연달아 상을 타기 시작했다. 앨범을 발매한 이듬해 TBC 신인상을 받았고, 1974년과 1975년엔 TBC 가수왕 자리에 올랐다. 1975년에 송창식이 MBC에서 가수왕 자리에 올랐으니, 그해는 가히 통기타의 해였다.

나를 비롯해 송창식과 이장희도 그를 도왔다. 나는 '길가에 앉아서', '화가 났을까'를, 송창식은 '사랑하는 마음'을, 이장희는 '비'와 '좋은 걸 어떡해'를 그에게 건넸다. 아무런 사심 없이 준 곡들이 줄줄이 히트를 쳤다.

영화에도 출연하기 시작했다. 본래 김세환은 멋쟁이다. 미국에서 직접 공수해 온 청바지와 청조끼를 입고 다녔다. 게다가 아버지가 유명한 연극인이었으니, 그에겐 연기자의 피가 흘렀다.

그래서일까. 세시봉 출신 가수 중 가장 영화 흥행 성적이 좋은 이도 김세환이다. 1971년 신성일 감독이 연출한 〈봄 여름 가을 그리고 겨울〉에 출연했다. 13만 명이 넘는 관객이 들며 흥행에 성공, 그해 신성일 감독은 이 작품으로 백상예술대상 연출상을 받았다. 1974년엔 청춘 영화 〈맹물로 가는 자동차〉에 주연으로 출연했다.

1975년엔 나도 같이 영화를 찍었다. 신상옥 감독의 〈아이 러브 마마〉란 영화였다. 제작비를 8000만 원을 들인 본격 뮤지컬 영화였다. 당시로서는 어마어마한 돈이었다. 신중현 씨가 음악감독을, 한익평 씨가 안무를 맡았다. 홀어머니 밑에서 자란 세 자매가 어머니의 새 신랑감을 구해주는 내용이었다. 세 자매의 짝 역할을 나와 박상규 형, 김세환이 맡았다.

처음 영화에 출연하게 된 나는 스스로 끼가 있다고 생각했다. 춤까지 배워 가며 열심히 찍었다. 이전까지 나에게 한 번도 선배 노릇을 해 본 적 없는 김세환은 신이 나서 내게 연기를 가르쳤다. 그러나 영화는 흥행에 참패했다. 2만 명 정도의 관객만 들고 일주일 만에 간판을 내렸다. 그 바람에 내가 영화에 출연했다고 해도 사람들은 믿지 않는다. 연기가 어렵다는 것을 그때 깨달았다. 한편으론 다행스럽게 생각했다. 그 실패가 없었다면 어중간한 연기자로 활동했을지도 몰랐을 일이다.

김세환의 별명은 '쇼핑 킴'이다. 내가 지어 줬다. 많이 사서가 아니고 워낙 꼼꼼해서다.

1982년, 송창식과 나, 김세환은 일본 동포 사회 초청으로 공연을 함께 갔다. 공연 다음 날에 느지막이 일어났더니 김세환은 벌써 일어나 나갔다가 한참 후에야 돌아왔다. 어디 갔다 왔느냐고 물으니 쇼핑을 하고 왔다는데 정작 사 들고 온 건 얼마 없었다. 내가 의아하게 쳐다보자 그는 "일단 한 번 둘러보고 온 거야. 오후에 또 가야지" 했다.

오후 두 시쯤 그와 함께 백화점에 갔다. 두 시간이 지나도 끝나지 않았다. 물건 매뉴얼을 일일이 확인하고 시리얼 넘버까지 확인하는 등 한 번 매장에 들어가면 나올 생각을 안 했다. 내 물건 살 때도 옆에서 간섭을 많이 했다. 그때 하도 질려 어쩌다 같이 쇼핑을 하게 되면 이렇게 말한다. "각자 쇼핑하고 두 시간 뒤에 여기서 만나자." 그러곤 나는 적당히 편안한 곳에 가 쉰다.

그의 꼼꼼함은 때로 열성으로 이어진다. 운동을 할 때 특히 그렇다. 대학교 1학년 때부터 스키를 타기 시작했다. 아직 스키복도 슬로프도 제대로 없던 시절이다. 대관령에서 새끼줄 붙잡고 올라가서 스키를 탔다. 1970년대 말에는 오토바이 경주를 즐겼다. 그리고 1986년 그의 열성이 산악자전거(MTB)와 만났다. 미국에서 자전거를 사서 분해해 들여왔다. 국내 MTB 문화의 선구자가 된 것이다.

20대 때 김세환의 성격은 두 단어로 표현할 수 있다.

자상함과 재치.

김세환은 3형제 중 막내다. 누나도, 여동생도 없다. 여자 스타킹만 봐도 두근거렸다고 했다. 그래서인지, 팬들에게 무척 잘해줬다.

나는 그와 반대였다. '0시의 다이얼' 디제이를 맡고 있을 적 공개방송을 할 때가 있었다. 당시 나는 시내 고등학교 시험 스케줄을 꿰고 있었다. 진명여고 중간고사가 3일 뒤라면 방송을 시작하기 전에 말했다. "진명, 일어나 봐." 학생들이 영문을 모른 채 주뼛주뼛 일어난다. 그럼 이렇게 덧붙였다. "다 나가! 시험 공부해." 한 학생이 "저 공부 잘해요, 반장이에요"라고 대꾸하면 "반장일수록 더 정신 차려야지"라고 응대했다.

김세환은 유머 감각도 놀랍다. 그의 아버지 연극인 김동원 선생은 국립극장에서 셰익스피어 작품의 주연으로 많이 출연했다. 연극 〈햄릿〉이 개막하는 날, 김세환이 인사를 하러 대기실을 찾았다. 대기실은 진지한 분위기였다. 다들 진지하게 비극적인 대사를 외우고 있었다. 거기서 김세환이 뱀 장수 흉내로 배우들을 웃겼다.

연극이 끝나고 다들 한마디 했다. "그놈의 뱀 장수 때문에 대사 까먹어 혼났네." 그날 이후 김동원 선생은 아들 김세환에게 공연 전엔 대기실에 들어오지 말라는 금족령을 내렸다.

젊은 시절엔 유머와 자상함으로, 나이를 먹어 가면서는 MTB에 대한 열정으로 늘 즐겁게 살아온 김세환이지만 그에게도 뼈저린 경험이 있다.

1991년 김세환은 서울 역삼동에 '모리스시'란 일식당을 차렸다. 주방장을 비롯해 L호텔 주방 팀을 통째로 데려왔다. 당연히 돈이 많이 들었다. 매일 아침엔 신선한 횟감을 구하러 서울 노량진 수산시장으로 출근했다. 워낙 아는 사람이 많았으니 처음엔 손님이 많았지만 늘 그렇게 붐비지는 않았다. 그렇다고 유지비가 줄어든 건 아니었다. 김세환은 애가 탔다.

당혹스러운 일도 겪었다. 모리스시 주변으로 모텔이 많았다. 어느 날 바로 옆 모텔에서 연락이 왔다. 모리스시에서 굽는 생선 냄새가 다 자기 쪽으로 몰려와 손님들의 불평이 많으니 이야기 좀 하자는 것이었다. 정작 모텔에 찾아가자 카운터엔 직원만 지키고 있었다. 직원이 말했다. "사장님께서 좀 있다 오시니 잠깐만 기다려 달라"고.

사장 대신 체크아웃하고 나가는 손님들만 카운터 앞을 지나갔다. 대부분 김세환을 유심히 쳐다보고 갔다. 그는 조마조마했다. '아, 대낮에 오해받겠네. 식당 일 때문에 온 건데.' 창피해서 얼굴이 발개진

채로 한참을 거기 서 있다 왔다고 후에 김세환이 말해 줬다.

혹독한 인생 경험은 4년 만에 끝이 났다. 일식당을 그만두는 날 그가 말했다. "다시는 이쪽 보고 오줌도 누지 않겠다"고.

'박리다매'가 안 되는
메 가 톤 급   가 수

한
대
수

한대수는 크다. 이름부터 대수(大洙)다. 한국 포크 계에서 공연 기획자가 바라보는 그의 비중 역시 커서, 공연에 자주 서지 않거나 못한다. 농담 반 진담 반으로 나는 이렇게 말한다. "한대수는 박리다매(薄利多賣)가 되지 않는다"고.

그를 처음 만난 건 1968년 여름이다. 여느 때처럼 세시봉에 들어가려는데 누군가 "히피 같은 놈이 왔다"고 했다. 무대를 보니 히피 같은 게 아니라 장발에 기타를 메고 있는 폼이 아예 히피였다. 그가 노래를 부르기 시작하자 충격은 배가 됐다. 경상도 어투가 잔뜩 배어 있는 창법으로, 어딘가 어눌한 말투로, 다짜고짜 "물 좀 주소"라고 외쳤다.

가사를 써도 뭔가 이야기를 처음부터 시작해 차근히 풀어가는 데 익숙한 우리에겐 낯선 가사였다. 가사에 담긴 메시지가 꼭 망치로 머리를 때리는 것만 같았다. 김민기도, 서유석도 나오기 전이었다. 우정이나 사랑, 자연을 서정적으로 읊는 낭만주의적 노래를 주로 부르던 시절이었다. 기타를 치다 하모니카를 부르는 것도 이색적이었다. TV에서 외국 가수들이 그렇게 하는 건 봤어도 실제로 보는 건 처음이었다.

공연이 끝난 뒤 한대수와 함께 단골 식당 서린실비 집에 갔다. 막걸리를 마시며 "넌 어떤 놈이냐"고 물었다. 미국에서 막 건너왔다는 말에 다시 한 번 놀랐다. 미국에 사는 젊은이가 한국말로 노래 부른다는 게 당시에는 참 신선했다.

한편으론 이해가 됐다. 미국에 히피 문화가 넘치고 새로운 포크의 물결이 밀려오고 있던 때였다. 한대수는 미국 문화 중심지 뉴욕의 복판에 살고 있었다. '행복의 나라로' 등의 노래에 배어 있는 자유와 평화의 개념 등은 한국에선 낯선 것이었으나 미국에선 자연스러운 문화의 흐름이었다.

그는 곧 장안의 화제가 됐다. 이백천 선생의 도움으로 '명랑백화점'에 출연했고 1969년 9월 서울 남산 드라마센터에서 이틀간 리사이틀을 열었다. 트윈 폴리오도 초대 손님으로 공연했다. 둘째 날에는 전석이 매진됐다.

그는 미국 뉴욕 사진학교에서 정식으로 사진을 공부했다. 한국 국전 사진 부문에서 입선한 경력도 있다. 노래로 돈을 벌긴 힘들었으니, 그는 사진 전공을 살려 일자리를 찾았다. 1970년 한국디자인포장센터에서 당시 3급 공무원에 준한 디자이너로 근무했다. 1971년부터 3년 간 해군에 복무한 뒤엔 『코리아헤럴드』에서 기자이자 사진기자로 일 했다.

음악 활동도 꾸준히 해 1974년 1집 '멀고 먼 길'을 발표했고 이듬 해 2집 〈고무신〉을 발표했다. 그러나 앨범 표지가 문제였다. 벽돌담 위 철조망에 고무신 한 켤레가 걸려 있는 사진이었다. 2집이 판매 금 지가 됐고 덩달아 1집도 금지 음반이 됐다. 그는 한국에 온 지 7년 만 에 다시 미국으로 향했다. 그의 나이 스물일곱이었다.

미국에서 한대수는 자기가 찍은 사진으로 만든 엽서를 종종 보내 왔다. 또 내가 미국에 갈 일이 있을 땐 미리 약속을 해 만났다. 어느 해 인가 뉴욕에 찾아갔을 땐 젊은 여자가 그의 곁에 있었다. 그녀는 지금 그의 아내인 옥사나이다.

핸드볼 선수 출신
싱어송라이터

서
유
석

나중에 방송인으로 더 유명해진 서유석 형은 명동 오비스 캐빈과 청개구리 등 청년 문화공간에서 활동하며 사회의식이 강한 싱어송라이터로 사랑을 받았다. 한동안 교통 전문 방송인으로도 잘 알려졌던 서유석 형 역시 포크 1세대다. 그가 데뷔하게 된 사연도 재미나다.

1969년 TBC 라디오에 '브라보 선데이'란 프로그램이 있었다. '후라이보이' 곽규석 씨와 구봉서 씨가 사회를 봤다. 하루는 서울 명륜동에 살던 구봉서 씨가 퇴근길에 성균관대 앞에 있던 카사노바라는 카페에 들렀다. 키가 무척 큰 한 청년이 기타 치며 노래를 부르고 있었다. 예사롭지 않다는 생각에 물어보니 성균관대 핸드볼 팀 골키퍼 출신이었다.

얼마 지나지 않아 구봉서 씨는 '브라보 선데이' 피디 조용호 씨와 함께 카사노바를 찾았다. 조 피디 역시 그의 노래를 마음에 들어 했다. 일주일도 안 돼 이 운동선수는 '브라보 선데이'에 출연했다. 그가 바로 서유석 형이었다.

당시 트윈 폴리오는 '브라보 선데이'에 고정 출연 중이었다. 운 좋게도 그의 데뷔 무대를 옆에서 지켜볼 수 있었다. 서유석 형은 밥 딜런의 'Blowing in the wind'와 'The Last Thing on My Mind'를 불렀다. 바이브레이션이 독특했다. 입을 다 벌리지 않고 다문 듯 노래를 불렀다.

그 이후로 그는 '통기타 문화의 메카' 서울 명동에 진출했다. '오비스 캐빈'에서 주로 불렀다. 기타도 쳤지만 하모니카도 불었다. 그리고 곧 앨범도 내기 시작했다. 처음 발표한 곡이 영화 '로미오와 줄리엣' 삽입곡 '사랑의 노래'를 번안해 부른 곡이었다. 후에 직접 노래를 쓰면서 발표한 그의 곡들엔 시적 감수성이 묻어났다.

그는 서울 명동 YWCA 노래 모임 '청개구리'에서 활동하며 당시 정권을 풍자적이거나 냉소적인 노랫말로 표현하기 시작했다. 1971년 발표한 '세상은 요지경'이 금지곡으로 지정됐고, '담배'와 '강' 등이 실린 〈서유석 걸작집〉의 경우 앨범 전체가 금지를 당했다. 그의 노래는 멜로디가 강렬하진 않은데, 노래에 담긴 메시지를 생각하게 만들었다.

그러다 1973년 일이 터졌다. TBC 라디오 프로그램 '밤을 잊은 그대에게'를 진행할 때였다. 서유석 형은 베트남 전쟁을 목격한 UPI 통

신기자의 종군기 「어글리 아메리칸」 일부를 방송에서 읽었다. "18~19세의 어린 미군 병사들이 판초를 뒤집어쓰고 총소리만 나면 아무 데나 총을 쏘는 바람에 자기 소대장도 죽였다"는 등 베트남전에 비판적인 내용이었다. 당시 미 국무장관이 한국의 베트남전 파병을 촉구하기 위해 방한했을 때였다. 피디가 20분짜리 노래를 틀어 놓은 사이에 그는 그 길로 야반도주했다.

그러고는 3년간 방송계를 떠났다. 처음엔 충무로에서 양복점을 열었다. 무허가였다. 재단사를 고용해 전화로만 영업했다. 그러다 세무서 추적이 시작됐다. 더 이상 서울에 머무를 수 없어 대전으로 내려갔다. 생맥줏집을 개업해 거기서 노래를 불렀다. 당시 대전에서 통기타 붐이 일었는데, 모두 서유석 형 덕분이었다. 대표곡 '가는 세월'도 이때 탄생했다.

1976년 다시 서울로 돌아와 '가는 세월'을 취입했다. 반응이 좋았다. 여름에 발표한 음반은 겨울에 100만 장 판매를 돌파했다. 이때 MBC 라디오의 고정 출연 제의가 들어왔다. '정오의 희망곡'으로 시작해 '서유석입니다'를 거쳐 교통방송 '푸른 신호등'을 맡게 됐다. 17년 넘게 디제이를 맡아 교통 전문 방송인이라는 이름을 얻게 된 시작이었다.

엉뚱함의 최고봉

조
영
남

조영남 형은 내 노래 인생에서 빼놓을 수 없는 선배다. 고교 1학년 때, 영남 형의 '예수 나를 위하여' 찬송가를 들으며 가수의 꿈을 처음 생각했다. 1968년 한 번 따라갔던 미8군 무대에서 형이 무반주로 'Old Man River'를 부를 때 흑인들의 까만 얼굴 위로 눈물이 흐르던 모습을 지금도 잊을 수 없다.

그러나 무대 밖의 영남 형은 엉뚱하고 새로웠다. 같이 서울 동신교회를 다니던 고등학생 시절 얘기다. 교회에서 헌금 걷는 시간이면 형이 뒤에서 막 나를 찌르곤 했다. 돌아보면 한결같이 "돈을 꿔 달라"고 부탁했다. 1인분 헌금을 2인분으로 나눠 내자고도 했다. 몇 번 들어주다가 하루는 도저히 안 되겠다 싶어 형을 교회 밖으로 불러냈다.

"형, 헌금은 각자 하나님께 정성껏 바치는 거래요. 이렇게 자꾸 꿔 달라니까 힘들어요. 그리고 그동안 빌려간 돈은 왜 안 갚아요?"

형이 고개를 점점 숙였다. 됐구나 싶었다. 그러나 영남 형이 마침내 입을 열었을 때, 어안이 벙벙해진 건 내 쪽이었다. "너, 헌금 누구한테 드리려고 가져왔냐?" "하나님요." "그럼 헌금이 네 것이니 하나님 것이니?" "……하나님 거요." "왜 네 것도 아닌데 말이 많으냐?"

교회에서 불편한 순간은 또 있었다. 성찬식 날이 오면 세례를 받은 교인만 예수의 피와 살을 상징하는 포도주와 떡을 먹는다. 영남 형은 여기저기 자리를 옮겨 가며 적어도 포도주를 석 잔 이상 마셨다. 마시곤 "크으" 하고 만족한 소리를 냈다. 영남 형은 세례를 받지 않은 상태였다. 그게 마음에 찔리지 않는지, 은근슬쩍 물었다. "왜 포도주를 세 잔씩이나 들어?" 형이 답했다. "응, 난 죄가 좀 많아서."

세시봉에 드나들 무렵에도 형의 엉뚱함은 계속됐다. 서울 명동 한복판에서 예쁜 여자가 지나가면 영남 형의 지시 아래 6~7명이 뒤에 일렬로 따라붙었다. 왼발 오른발 맞춰 가며 여자 몰래 뒤에서 같이 걸었다. 여자가 이상하다 싶은지 갑자기 뛰기 시작하면 다 똑같이 뛰었다. 모든 게 영남 형 발상이었다.

영남 형은 돈이 생기면 지갑에 넣지 않고 주머니 여기저기에 쑤셔넣었다. 돈이 필요할 때면 늘 이 주머니 저 주머니를 뒤졌다. 텔레비전에 출연, '딜라일라'를 불러 일약 스타가 돼 한창 돈을 벌기 시작했을 때, 형은 불광동 달동네에 살고 있었다. 그 무렵 종종 집에 놀러 가

같이 방바닥에 누워 도란도란 얘기하곤 했다.

비오는 밤이면 비가 새기도 했다. 형이 얘기를 꺼냈다. "형주야, 난 돈 좀더 벌어서 지붕에 기와 올릴 거야. 그러면 비가 안 새겠지?" 내가 대답했다. "형, 이 집에 기와 올리면 이 집 무너져."

하루는 나물 팔러 다니는 아주머니가 집에 왔다. 밖에서 영남 형 어머니와 나누는 대화가 고스란히 들려왔다. 아주머니가 "한 단에 300원은 주셔야 한다"고 하자 어머니께서 이렇게 말씀하셨다. "아이, 좀 깎아 줘요. 1000원에 석 단 주세요."

뭔가 이상했다. "어머님 셈이 이상하지 않아?" 형은 아무렇지 않은 듯 "뭐가 이상하냐"고 외려 내게 되물었다. 그만큼 모자가 셈에 능하지 않은 것 같았다.

1970년 형은 '김시스터즈 내한공연' 무대에 게스트로 섰다. 미국 빌보드 차트 순위에 오를 만큼 인기가 많았던 걸그룹 공연인지라 고위 관리도 많이 찾은 자리였다. 여기서 형은 '신고산 타령' 가사를 즉석에서 바꿔 "와우 아파트 무너지는 소리에 얼떨결에 깔린 사람들이 아우성을 치누나"라고 불렀다. 서울 와우 아파트가 입주 20여 일 만에 무너져 33명이 사망한 사건을 암시하는 노래였다. 영남 형은 '괘씸죄'에 걸려 입대했다.

이
종
용

예수를 따라간
사 나 이

'겨울아이' '너' 등을 부른 이종용을 처음 본 건 서울 명동 YWCA 에서였다. 거기서 '청개구리' 노래 모임이 열렸다. 이종용은 임용재와 함께 '에코스'로 활동 중이었다. 에코스가 당시 불렀던 노래가 '사랑해'다. 이 노래는 1971년 한민과 은희의 혼성듀엣 '라나에로스포'가 다시 불러 크게 히트를 쳤다.

이종용이 노래 부르는 모습은 인상적이었다. 무엇보다 부를 수 있는 음역대가 넓었다. 여자 소프라노가 내는 소리까지 자연스럽게 냈다. 강약을 잘 조절할 줄 알았고 노래에 힘이 있었다. 지금까지도 노래를 열심히 부르는 사람 두 명을 꼽으라면 송창식과 함께 이종용을 꼽는다.

이종용은 '청개구리'가 처음 생길 때부터 그 자리에 있었다. 기독교

인인 그는 서울 명동 YWCA에서 '와이틴 싱얼롱(Y-TEEN singalong : 함께 노래 부르는 모임)'을 지도했다. 그때 YWCA 총무가 한완상 전 교육부총리의 부인 김형 여사였다. 이종용은 김형 여사와 거의 남매 같은 사이로 지냈다.

어느 날 김형 여사가 "청년 문화가 없으니 노래 모임을 하나 만드는 게 어떻겠느냐"는 아이디어를 냈다. 그녀는 이백천 선생과 함께 기획해 청개구리를 만들었다. '연극의 밤' '시의 밤' '노래의 밤' 등 세시봉처럼 여러 프로그램을 운영했다. 나와 송창식이 통행금지 시간이 지나면 세시봉에서 잠을 자듯, 이종용은 YWCA 강당에서 잠을 잤다. 그는 종종 김민기 집에서 잠을 자기도 했다.

'청개구리'에서 처음 그를 만나곤 한동안 만나지 못했다. 그리고 2년쯤 지나 우연히 다시 만났다. 경남 마산시 재경학우회 초청으로 김세환, 어니언스와 함께 마산으로 공연 갔을 때였다. 우리 공연에 앞서 한 군복을 입은 젊은이가 관객들과 함께 싱얼롱을 하고 있었다. '별난 군인도 다 있구나'라고만 생각했다. 우리가 무대에 섰을 때 그가 경례했다. 그때서야 비로소 그를 알아봤다. 이종용이었다.

"어쩐 일이냐"고 물었다. 그에게 군 시절 이야기를 들었다. 입대를 했어도 노래는 놓지 않은 그였다. 경남 창원시에 있는 군종참모부 교회에서 군종 사병으로 근무하고 있다고 했다. 수요일과 일요일엔 훈련병을 인솔해 교회에 데려왔고 찬양 시간에는 직접 반주를 했다. 주

중엔 마산 제일여고에 대민 봉사로 파견 가 음악을 가르쳤다. 마산 문화방송국 합창단을 만들어 지휘도 맡고 있다고 했다.

"노래를 계속하고 싶어?"

"네."

"그럼 제대하고 날 찾아와라."

1973년 당시 나는 서울 명동에서 '엠 클럽'이란 카페 운영을 책임지고 있었다. 어니언스와 내가 주로 무대에 섰고 마지막 무대에서는 함께 노래를 불렀다. 마산에서 이종용을 만난 지 석 달도 채 안 돼 그가 카페에 찾아왔다. 옷차림이 허름해 그대로는 무대에 세울 수 없겠다 싶어 내 옷을 입혔다. 무대에 올라 이종용은 'There Goes My Everything'를 불렀다. 그 뒤로 고정 출연을 하게 되면서 이종용의 이름이 점차 알려졌다. '엠 클럽'뿐 아니라 '짝짜꿍' '오라오라' 등 통기타 업소에도 출연했다.

이종용은 그때에도 봉사활동을 게을리 하지 않았다. 입대 전 했던 YWCA 와이틴 싱얼롱 지도도 다시 시작했다. YWCA 강당을 빌려 매년 '구두닦이들과 신문팔이 소년을 위한 자선 음악회'도 주관했다. 그때마다 그의 요청으로 나를 비롯해 여러 통기타 가수들이 무보수로 노래를 불렀다.

1975년 이종용은 '너'라는 노래를 불러 문화방송 '금주의 인기가요'에서 3위에 올랐다. 다음 주엔 2위, 그다음 주엔 1위였다. 그 뒤로

15주 동안 계속 1위를 지켰다.

그리고 12월 3일. 우리나라 가요사에 1등을 가장 오래 했다고 인정 받아 금으로 된 트로피를 받기로 한 날이었다. 그러나 이종용은 그 시 간, 서울 남대문 옆에 있던 여성회관 지하실에 있었다. 보건사회부 마 약반이 거기 있었다. 이장희와 나도 거기 있었다. 당시 전국을 떠들썩 하게 만든 '대마초 파동'의 서막이었다.

우리는 서대문 구치소로 이송됐다. 이종용은 인기의 절정을 확인 받으려던 날 구치소에 갇히는 신세가 됐다. 그는 구치소에서 27세 사 형수를 만났는데 사형수가 이렇게 말했다고 한다. "이곳에서 열심히 기도하고 찬양하고 성경 말씀을 읽으세요. 그리고 출소하게 되면 내 몫까지 살아 주십시오."

본래 기독교인이었던 그의 신앙심은 구치소 생활을 통해 더욱 깊 어졌다. 그리고 출감해서 지금은 돌아가신 하용조 목사를 도와 연예 인 교회를 개척했다. 그때만 해도 하 목사는 전도사였다. 교회가 없어 신도 집을 돌며 신앙생활을 했다. 그때 구성원이 곽규석, 고은하, 윤 복희, 임희숙, 서수남, 김희자, 김희숙 등이었다.

1979년 12월, 대마초 파동을 겪은 지 4년 만에 정부의 방송 출연 금지령이 풀렸다. 얼마 지나지 않아 이종용은 현대극단에서 기획한 뮤지컬 '지저스 크라이스트 슈퍼스타'의 예수 역할을 맡았다. 전까지 연기를 해 본 적이 없던 이종용이 이 역할을 맡게 된 데는 이유가 있다. 극 마지막 장면에 예수가 절규하는 노래가 있었다. 여기서 엄청 높은 음을 내야 했다. 뮤지컬 전문 배우가 거의 없던 시절, 가성을 쓰지 않고 그 정도의 고음을 낼 수 있는 사람은 이종용이 유일했다.

어느 날 뮤지컬의 마지막에서 로마 병정 역을 맡은 탤런트 최주봉이 가죽채찍으로 이종용의 몸을 때렸다. 본래는 때리는 시늉만 하는 장면이었는데 극에 몰입하다 보니 실제로 채찍질을 하게 된 것이다. 순간 이종용은 무지 분하고 아팠다. 그러다 문득 생각했다고 한다.

'예수는 아무 죄 없이 맞고서도 화내지 않았는데 난 채찍 두 대만 맞고도 이렇게 화를 내고 있구나.'

그는 십자가에 매달린 뒤 극본에 없는 소리를 질렀다.

"왜 이렇게 우리를 사랑하십니까? 왜! 왜!"

동료 배우는 물론 스태프들 모두가 깜짝 놀랐다.

이종용은 그 뮤지컬을 249회 공연했다. 예수가 되어 249번의 산상수훈과 249번의 죽음과 249번의 부활을 겪은 것이다. 뮤지컬이 마지막 막을 내린 뒤 그는 자기 삶에서 가장 큰 결정을 내렸다. 목회자가 되어야겠다는 결심이다. 그는 아예 미국에서 신학을 공부하기로 결정하고 1982년 1월 33세가 되던 해에 미국행 비행기에 몸을 실었다.

예수가 인간의 몸으로 생애를 마친 것이 33세다. 이종용은 249회의 공연 동안 예수로 살다가 33세에 세상에서의 삶을 바꿨으니 의미심장한 일이 아닐 수 없다.

그는 잔디 깎기, 청소, 높은 곳에 간판 걸기 등 여러 아르바이트를 하며 생활비와 학비를 벌었다. 그리고 1985년 미국 샌안토니오에 한인 남부침례교회를 세웠다. 인근에 군사외국어학교(DLI: Defense Language School)가 있었다. 한국 장교들이 미국에서 공부할 때 꼭 거쳐 가야 하는 학교였다. 이들을 대상으로 9년간 사역한 뒤, 1993년 로스앤젤레스에 코너스톤 교회를 개척해 지금까지 성공적인 목회 활동을 하고 있다.

죽기까지 노래한
슬픈 천재

김
정
호

트윈 폴리오가 활동한 이후 한국 가요계에 듀엣 흐름이 이어졌다. 김도향과 손창철의 '투 코리언즈', 전언수와 이태원의 '쉐그린', 오승근과 홍순백의 '투 에이스', 최기원과 윤영민의 '에보니스', 이두진과 오세복의 '둘 다섯', 백순진과 김태풍의 '4월과 5월' 등. 그 흐름 속에 등장한 팀이 이수영과 임창제의 '어니언스'였다.

어니언스를 처음 만난 건 1973년이었다. 당시 나는 의대 재학 중이었으나 영화배우 신영균 씨가 소유하고 있던 서울 명동의 카페 '엠 클럽'의 운영을 의뢰받은 터였다. 그들을 불러 '엠 클럽' 무대에 세웠다. 그때만 해도 어니언스는 무명이었다.

트윈 폴리오처럼 어니언스는 상반된 두 성격이 만난 경우였다. 이수영이 귀족적이라면 임창제는 호남형이었다. 이수영의 목소리가 포근한 음색이라면, 임창제는 특이한 바이브레이션으로 고음을 맡았다. 무대 밖에서 이수영은 점잖았고, 임창제는 재미있는 입담으로 분위기를 만들었다.

어니언스는 1973년 데뷔 음반을 발표하며 크게 인기를 끌기 시작했다. '작은 새' '편지' '저 별과 달을' '사랑의 진실' 등 음반 수록곡 거의 전부를 히트시켰다. 트윈 폴리오의 팬이 대부분 대학생이었던 데 반해 어니언스의 노래는 남녀노소를 불문한 일반 대중에게 굉장히 쉽게 다가갔다. 통기타 문화에서 '오빠 부대'를 가장 많이 끌고 다닌 그룹도 어니언스였다.

그러나 어니언스의 성공은 그들만의 것이 아니었다. 숨은 주역이 있었다. 1985년 33세의 젊은 나이에 폐결핵으로 세상을 떠난 김정호다. '작은 새' '저 별과 달을' '사랑의 진실' 등을 그가 썼다.

임창제와 김정호는 같이 기타를 배우던 친구 사이였다. 둘 다 수유리 달동네에 살았다. 가난할 때였다. 집에 전축이 있을 리 만무했다. 동네에 전축 있는 집을 찾아 처마 밑에 가서 집주인이 음악 틀기를 기다렸다. 그걸 듣곤 집으로 돌아와 둘이서 코드를 땄다. 그렇게 노래를 연습했다.

어니언스가 뜨고 나서 세간의 관심이 곡을 쓴 김정호에게도 쏠렸다. 그 관심을 받아 김정호는 1974년 '이름 모를 소녀'를 발표하며 본격적으로 데뷔했다. 어렵게 자랐던 그의 노래엔 그만이 낼 수 있는 슬품과 애조가 묻어나 있었다. 그의 슬픔은 우리가 노래했던 슬픔과 달랐다. 이별의 슬픔도, 가족과 헤어져서 슬픈 것도, 고향을 떠나 슬픈 것도 아니었다. "버들잎 따다가 연못 위에 띄워 놓고"란 가사로 시작하는 '이름 모를 소녀' 같은 곡에서, 슬픔이란 단어를 쓰지 않고서도 슬픔과 외로움의 정서를 자아낸 가수가 김정호였다.

마침내 인기를 끌기 시작했으나 오래가진 못했다. 1976년 1월 '대마초 파동'에 휩쓸려 모든 음악적 활동을 금지당했다. 무교동 음악 레스토랑 '꽃잎'이 그의 유일한 무대였다. 그렇게 4년이 지나고 1980년 정부의 금지령이 풀렸다.

김정호는 음반 '인생'을 발표하며 재기를 시도했지만 이번엔 병마가 그를 막았다. 폐결핵이었다. 인천에 있던 요양소에 입원했다. 의사가 "6개월이면 완치될 수 있다"고 진단했으나 그는 4개월 만에 요양소를 뛰쳐나왔다. 김정호가 향했던 곳은 '꽃잎'. 그러곤 다시 돌아간 요양소에서, "자꾸 노래하면 폐결핵이 심해져 죽는다"는 의사의 경고에 그는 이렇게 말했다.

"외려 노래를 부르지 않으면 내가 죽을 거 같다."

결국 1985년 11월 29일, 김정호는 50여 곡을 남기고 세상을 등졌다. 투병 막바지에 녹음한 노래 '님'은 꼭 자신의 죽음을 예감하는 것 같아 더욱 애달프다.

소설로 노래한,
통기타 문화의
숨은 주역

최
인
호

소설가 최인호 형이 직접 쓴 가사를 들고 나를 찾아온 적이 몇 번 있었다. 노래로 불리기에 적절한지 봐 달라고 했다. 어느 정도 친분이 있던 사이였다. 최인호 형 동생 영호와 나는 초등학교 때 짝이었다.

가사를 보고 깜짝 놀랐다. 시각적이면서도 극적이었다.

"조그만 길가 꽃잎이 우산 없이 비를 맞더니 지난밤 깊은 꿈속에 활짝 피었네"('어제 내린 비' 중) 같은 부분이 그랬다. 역시 소설가는 다르다 싶었다.

최인호 형이 당시 통기타 문화에 기여한 점은 잘 알려지지 않은 사실이다. 그는 송창식이 부른 '고래 사냥', 내가 부른 '어제 내린 비', 이장희가 부른 '그건 너'의 2절 가사를 썼다. 그가 쓴 소설도 통기타 음악과 만나며 시너지 효과를 냈고 영화로도 이어졌다. 대표적인 예가

『별들의 고향』으로 1972년 조선일보에 연재됐을 때 이미 신드롬을 일으켰던 소설이다. 『별들의 고향』은 1974년 이장호 감독 연출로 영화화되어 히트하면서 주제가 '나 그대에게 모두 드리리'를 부른 이장희의 인기는 함께 올라갔다.

'젊은이들의 반란'이었다. 1974년 인호 형과 이 감독은 29세, 이장희는 27세였다. '별들의 고향'은 인호 형의 첫 장편소설이자 이 감독의 데뷔작이었으며, 이장희의 첫 영화음악이었다.

같은 해 이 감독은 다시 최인호 원작 「어제 내린 비」의 영화화에 들어갔다. 이 영화의 음악은 정성조 전 KBS 악단장이 맡았다. 1967년 '정성조와 메신저즈'로 TBC 2회 '전국남녀대학생 재즈 페스티벌'에서 2위에 입상했던 그의 음악 실력은 이미 잘 알려져 있었다. 1위를 하지 못한 이유가 '너무 프로 같아서'란 말도 있었다. 그때 1위가 후에 이장희와 같이 활동했던 강근식의 '홍익 캄보'였다. 홍익 캄보는 1966년부터 2년 연속 1위를 했다.

영화 〈별들의 고향〉에서 이장희가 작사·작곡·노래를 모두 맡은 것과 달리 〈어제 내린 비〉에는 여러 명이 참여했다. 주제가 작사는 인호 형이, 영화 중 나오는 '사랑의 찬가'는 박인희와 내가 같이 불렀다. 박인희는 당시 혼성 듀엣 '뚜아에무아' 멤버로 훗날 '모닥불'과 '하얀 조가비' '끝이 없는 길' 등을 불렀으며, 동아방송 라디오 '3시의 다이얼' 디제이로 활약 중이었다.

인호 형과 이장호 감독을 비롯, 만화가 고우영, 화가 정찬승 · 김구림, 전위예술가 정강자, 시인 김지하, 소설가 한수산, 조세희, 윤흥길 등이 당시 청년 문화의 기수였다. 60년대 후반 가요 분야에서 통기타 문화로 시작한 청년 문화는 70년대 들어서서 문학을 거쳐 영화를 통해 정점을 찍는 것처럼 보였다.

1974년 4월 24일 인호 형이 한국일보에 기고한 '청년 문화 선언'은 말 그대로 선언이었다. 기고문은 한 사회학 교수가 "우리나라에 청년 문화는 없다"고 쓴 글을 반박하는 내용이었다.

인호 형은 이렇게 썼다.

"오늘날의 청년들은 그런 의미에서 정직하며 정직해지려고 노력하고 있는 것이다. (중략) 혼자서 노래 듣고 스스로의 반주로 노래 부르며 끊임없이 갈등과 씨름하고 있다. 오늘날의 젊은이들은 사화산이 아니라 휴화산인 것이다. (중략) 젊은이들이여 허위와 위선, 권위, 훈장, 격식을 보이지 말고 변명하지 마라! 오직 진실만을 얘기하라."

나와 나의 가족들

1 돌사진. 1948년 11월.

2 아버지, 어머니와 함께 찍은 가족사진. 왼쪽부터 나, 사촌 형 윤성주, 집안일을 봐 주던
누나, 어머니가 안고 계신 아기는 여동생 윤혜련(지금은 윤보경).

3 중학교 입학식 마치고 집 앞에서.

4 1966년 2월 경기고등학교 졸업식 날, 부모님과 함께 교정에서.

화보　사진으로 남은 시간들

5 1966년 연세대 의예과에 입학한 직후 아버지와 함께 눈 내린 캠퍼스에서.

6 1966년 전남 광주에서 열린 전국의대체육대회에 연대 의대 대표 선수 단원으로 참
   어. 탁구선수 대표로 광주 가는 기차를 타기 직전 동기, 선배들과 함께.

8 연세대 의예과 1학년 때,
집에서 옷을 다림질하면
서 어머니와 함께. 어머니
는 올해 93세로 미국에 계
신다.

269   화보   사진으로 남은 시간들

9 아내 김보경, 중학교 3학년 때 학교 축
  제에서. 남 집사님 댁에서 처음 보았을
  때 어린 학생이었다.

10 아내 김보경, 대학교 1학년 때.

11 결혼 전 보경(맨 왼쪽)의 친구들과 함께. 여럿이 어울리는 게 우리의 데이트였다.

12 무창포에 서울오디오 직원들과 여행 갔을 때, 아내와 함께.

13 1974년 11월 15일 신라호텔 영빈관에서 약혼식. 나와 보경이 자축하는 노래를 불렀다. 오른쪽은 사회를 맡은 동료 가수 석찬.

14 1975년 3월 22일, 동신교회에서 결혼식. 주례는 김세진 목사님.

15 결혼식 하객들과 함께 단체사진. 송창식, 이성애, 임창재, 이종용, 신동운, 전유성, 이태원, 강근식 등 함께 활동한 지인들이 결혼식에 참석해 주었다.

16 1975년 3월 25일 제주도 신혼여행.

17 1975년 4월 아내의 선후배, 동창들을 여의도 신혼집에 초대해 집들이.

18 1977년 12월 24일 큰딸 선명, 작은딸 선영과 함께, 선영의 돌잔치.

화보   사진으로 남은 시간들

19 1978년 부산 태종대. 배 위에서 큰딸 선명과 아내.

20 1978년 여름. 송창식, 김세환의 가족들과 소풍을 가서 큰딸 선명과 함께.

21 장인어른, 장모님과 작은딸 선영의 생일 잔치 겸 크리스마스 파티.

22 1982년 설날 남산동 집에서 큰딸 선명, 작은딸 선영, 아들 희원의 세배를 받고서.

23 1983년, 용평 스키장에서 온 가족이 함께.

24 막내 희원의 유치원 행사 때 삼남매가 나란히. 세 아이 모두 동명유치원을 나왔다.

25 2005년 1월 6일 베트남 하룽베이 선상에서 아내와 나.

25

나의 노래, 나의 친구들

26/27 1969년 특집 방송에 아버지
　　　 도 함께 출연해 주셨다.

28 1968년 12월 22일~23일 남산
　　 드라마센터에서 트윈 폴리오 첫
　　 리사이틀.

29/30 트윈 폴리오 첫 리사이틀.
송창식과 나.

31 1968년 가을, 트윈 폴리오로 한창 활동하던 때 송창식과 나. 지금은 없어진 잡지 『아리랑』에 실렸던 화보 사진이다.

32 1971년 가을. 외국인 파티에 초청 받아. 왼쪽
부터 박상규 형, 김세환, 나, 이장희, 송창식.

33 1971년 팬들과 함께 야유회 가는 길.

34/35

1969년 12월 23일 트윈 폴리
오 고별 리사이틀. 첫 리사이틀
때는 흰 폴라를, 고별 리사이틀
때는 검정 폴라를 입었다.

36 '0시의 다이얼' 제작진들과 야유회에서. 김병우
피디와 전유성, 방송국 직원들, 팬들과 함께. 이
때 일본 요미우리 신문사에서 '아시아의 아이돌'
특집 기사에 한국의 아이돌로 나를 꼽아 일주일
동안 따라다니며 취재해 갔다. 이 사진도 요미우
리 기자가 찍은 것.

37

37 한강 서울 스튜디오에서 빅3의 음반
〈하나의 결이 되어〉에 들어갈 노래를
녹음하는 김세환, 나, 송창식.

38 1973년 사촌누나 고(故) 윤희와 윤희데코 개업식에서.

39 미국인 친구 헬 왈튼이 주최한 파티에서 왼쪽에서 두 번째가 이종용, 네 번째가 나.

　　　　화보　　　사진으로 남은 시간들

40 1983년. 세계순회전도자 대회에서 빌리
    그레이엄 목사 부흥회에 초청된 조영남
    형과 나. 미국에 있던 조영남 형과 한국
    에 있던 내가 암스테르담에서 만났다.

41 1983년 암스테르담에서.

42 1986년 10월 초 하와이에서 이장희, 나,
    조동진.

43 1986년 하와이 포크 페스티벌에 참석한
    김세환, 송창식, 조동진, 나, 양희은.

44 1986년 9월 LA 슈라인 오디토리움 포크 페스티벌에서 통기타 공연을 한 나, 송창식, 조영남 형, 김세환. 이날 6308석이 모두 매진되었다.

45 88올림픽 때 내가 운영하는 '한빛기획'에서 국제청소년캠프 프로젝트를 맡아 20여 개 행사의 총 감독을 했다.

46 1989년 3월 케니 로저스의 내한공연 시 제작자로 함께 기자회견.

47 일본 여가수 이루카에게 그녀의 히트곡 '나고리유키(잔설)'를 한국말로 번안해 주며 한국말 발음과 노래를 가르쳐 주었다.

48 '0시의 다이얼'부터 꾸준히 해 온 라디오 디제이 활동. CBS '찬양의 꽃다발' 방송 중.

49 이백천 선생과의 인연으로 시작한 시엠송 제작. 그 뒤로 1400여 개의 시엠송을 만들었으며 이 일은 한빛기획에서 계속 이어가고 있다. '새우깡' 시엠송 성공 후 잡지사에서 찍은 사진.

50 1997년 2월 21일 셀린 디온의 내한공
연을 기획해 공연장에서 셀린 디온,
아내와 함께.

51 2003년 3월 7일 내한공연을 앞둔 클
리프 리처드를 2월 28일에 싱가포르
에서 만나 인터뷰.

Best wishes!
Cliff Richard

1971년 첫 솔로 앨범.

1971년 김희갑 작편곡집, 골든앨범.

1971년 A면은 내 노래, B면은 김세환 노래를 담은 앨범. '조개껍질 묶어'로 잘 알려진 '라라라'가 실려 있다. 김세환의 데뷔 앨범이기도 하다.

1972년 김세환, 이장희, 송창식, 4월과 5월, 조영남 등의 노래가 실린 옴니버스 앨범.

1973년 골든앨범.

1980년 정규앨범.

1983년 골든앨범.

1983년 윤동주 시 낭송집.

화보　　사진으로 남은 시간들

'0시의 다이얼'에 사연과 신청곡을 담은 엽서가 하루에 수백 통씩 왔다. 이를 모아 '예쁜 엽서전'을 벌일 정도로 정성이 담긴 엽서가 많았다.

54

54
───────────

오랜 팬이 보자기에 곱게 싸서 보내온 스크
랩북. 중학생 때부터 나에 관한 신문 방송
자료를 빠짐 없이 모아 놓았다가 결혼 전에
내게 선물했다.

55
───────────

28칸짜리 대학노트 한 쪽에 일주일치 스
케줄을 메모하면 한 권 당 5년을 기록하
게 된다. 27년째 하루도 빠짐 없이 그날
의 일정과 만난 사람을 적어 두고 있다.

55

56 1981년 영락교회 고등부 성가대 교사로 봉사할 때 아이들을 종종 집에 초대했다.

57 1993년 한인 기독교 방송 개국 13주년과 시카고 중앙일보 창간 12주년을 기념하는 자리에서 찬양·간증 집회를 마치고 방송사, 신문사 직원들과 함께.

58 1987년 멕시코 빈민가 선교활동 중 그곳의 고아원 아이들과 노래하며.

59 1985년 가톨릭 봉사상 수상. 시상은 고(故) 김수환 추기경이 해 주셨다.

60 후원금을 모아 1994년 전남 완도에 섬 선교를 위한 복음선을 마련해 기증. 그곳 기독 군인들, 그리고 김정두 목사님과 함께.

61 2000년쯤, 아프리카 케이프타운에서 조금 떨어진 빈민가. 수원중앙침례교회(당시 담임목사 김장환) 후원으로 학교와 교회를 지어 준 사역지에서 김준원 선교사(현 미주 극동방송국 LA 지사장), 동료 선교사들, 그리고 현지 아이들과 함께.

62 2001년 8월 JCWP(지미 카터 워크 프로젝트)로 한국을 방문한 지미 카터 전 미국 대통령 내외와 우리 부부. 지미 카터는 세상에서 가장 망치질을 잘하는 할아버지였다. 그해 여름 우리는 총 134 가정의 집을 지어 주었다.

카네기홀 가족 콘서트

63 카네기홀 공연을 앞둔 2003년 봄. 큰딸 선명이 살고 있던 보스턴 집에 모여 연습. 왼쪽부터 큰사위 류은규, 아들 윤희원, 아내 김보경, 작은딸 윤선영, 큰딸 윤선명, 작은사위 전병곤, 그리고 나.

64 카네기홀 공연 당일. 출연자 대기실에서 아내와 마지막 연습 중.

65 카네기홀 공연에서 우리 가족은 클래식, 팝, 가곡, 가요, 뮤지컬, 아카펠라, 재즈, 가
   스펠 등 각각 장르가 다른 20여 곡의 다양한 레퍼토리를 선보이며 성공적으로 공
   연을 마쳤다.

66 한국, 프랑스, 러시
   아, 대만, 필리핀,
   일본 등 각국의 젊
   은 연주자들로 구
   성된 60여 명의 오
   케스트라. 지휘는
   강혜영.

Home to Home
Family Concert
윤형주 가족 카네기홀 콘서트

2003.7.1(화)~**2**(수), 저녁 8시
뉴욕 카네기홀(Isacc Stern 대공연장)

윤형주, 김보경, 윤선명, 윤선엽, 윤희원, 류은규, 전병곤 등 7명의 가족
Guest | Session Musician '서반과 훈탑'의 저라서스트 황종후, 그룹 '세투신'의 임량수 외 7인, Rainbow 밴성들 23인

주최 | 미주 중앙일보 / 주관 | Habital for Humanity Korea / 기획 / 제작 | · Rainbow Mission, Inc. · manbit communication, Inc.

67

68

CARNEGIE HALL

ISAAC STERN AUDITORIUM

PLAYBILL

JUNE 2003

Tuesday Evening, July 1, 2003, at 8:00
Wednesday Evening, July 2, 2003, at 8:00
Isaac Stern Auditorium

YOON HYUNG-JU
FAMILY CONCERT PROGRAM

Arranged by KIM KUN	Overture
Arranged by KIM KUN	Stranger in the Rain YOON HYUNG-JU
Arranged by KIM KUN	Sea Shell Necklace YOON HYUNG-JU
Arranged by KANG HYE-YOUNG	I Really Don't Want To Know YOON HYUNG-JU
Arranged by Kim Kun	With My White Handkerchief YOON HYUNG-JU
James Van Heusen	Here's That Rainy Day YOON SUN-MYUNG
Arranged by KANG HYE-YOUNG	Amazing Grace YOON SUN-YOUNG
J. STRAUSS arranged by YOON SUN-MYUNG	Mein Herr Marquis from *Die Fledermaus*
C. FRANCK	Manna of Life YOON HYUNG-JU YOON SUN-YOUNG
W.A. MOZART arranged by YOON SUN-MYUNG	Non Piu Andrai JEON BYOUNG-GON
G. DONZETTI arranged by YOON SUN-YOUNG	Quanto Amore YOON SUN-YOUNG JEON BYOUNG-GON
Arranged by KIM KUN	Nostalgia YOON HYUNG-JU JEON BYOUNG-GON

Intermission

PLEASE SWITCH OFF YOUR CELL PHONES AND OTHER ELECTRONIC DEVICES.

Arranged by YOON SUN-MYUNG	Chopsticks YOON SUN-MYUNG YOON SUN-YOUNG
Arranged by KANG HYE-YOUNG	True Love from *High Society* YOON HYUNG-JU KIM BO-KYUNG
Arranged by YOON SUN-MYUNG	Dona Nobis Pacem KIM BO-KYUNG YOON SUN-MYUNG YOON SUN-YOUNG
RYU EUN-KYU arranged by KIM KUN	I Love You RYU EUN-KYU
RYU EUN-KYU arranged by KIM KUN	Lullaby YOON HEE-WON RYU EUN-KYU
Arranged by KANG HYE-YOUNG	Two Little Stars YOON HYUNG-JU YOON HEE-WON RYU EUN-KYU JEON BYOUNG-GON
Poem by YOON DONG-JU	Counting the Stars YOON HYUNG-JU
Arranged by KANG HYE-YOUNG	Story of Our Life ALL THE FAMILY
YOON HYUNG-JU arranged by KIM KUN	Family Song - *Beautiful Place* ALL THE FAMILY
Arranged by KANG HYE-YOUNG	Finale - Hymn Medley I. On the Hill II. When Peace Like a River Attendeth III. God is alive. ALL THE FAMILY

나의 노래, 우리들의 이야기

304

69

67 '윤형주 가족 카네기홀 콘서트' 포스터.

68 카네기홀에서 정기적으로 발행하는 공연 안내 책자『플레이 빌』에
우리 가족공연 프로그램이 실려 있다.

69 온 가족이 다함께 합창으로 공연의 피날레를 장식했다.

그리고 다시, 나의 노래, 우리들의 이야기

70/71/72 청년 시절부터 함께한 노래 친구, 김세환, 송창식과 함께.

73 2005년 3월 4일 대천에 '라라라'
노래비가 세워졌다. 제막식에 함
께해 준 투코리안즈의 김도향 형.

74 2000년 김세환, 양희은, 송창식과 함께 빅4 공연 홍보 전에.

75 2011년 1월 23일 MBC '놀러와' 세시봉 콘서트.

호흡이 다하는 날까지
'나의 노래' 는 계속될 것이며,
이 세상 모든 이들과 함께
'우리들의 이야기' 를 만들어
갈 것이다.